长安诗酒 汴京花

下

随园散人 著

长安诗酒
汴京花

题 记

　　生如昙花：我的一生如此短暂，我愿为时代作诗，或是身不准，或是天不应！人固有一死，莫伤感，只需看谁放的烟花更璀璨。

第十一回合

骆宾王 PK 张孝祥

不承想终老与我无关

骆宾王
不哀伤而自怨，未摇落而先衰

1

秋天。

杭州灵隐寺。

古木森森，禅院寂静。

那日，五十五岁的诗人宋之问独游灵隐寺。他被贬越州，游走于深山古刹，以解烦闷之情。见禅院所在之处景色宜人，宋之问吟出了一句"岭边树色含风冷"，却难有佳句与之匹配。

此时，寺中一位白须老僧正在打坐，见他久久不吟下句，便悠悠地说道："施主，风景就在眼前，何苦骑驴找驴？"宋之问赶忙施礼请教，老僧说："和尚为你续一句：石上泉声带雨秋。"

老僧对得极为工整，宋之问非常佩服。不久后，宋之问想要作一首《题杭州天竺寺》，刚吟出开头两句"鹫岭郁岧峣，龙宫锁寂寥"就没了灵感。于是，他又去请教老僧。老僧思索片刻，说道："楼观沧海日，门对浙江潮。"此后，宋之问茅塞顿开，完成了那首《题杭州天竺寺》：

鹫岭郁岧峣，龙宫锁寂寥。楼观沧海日，门对浙江潮。
桂子月中落，天香云外飘。扪萝登塔远，刳木取泉遥。
霜薄花更发，冰轻叶未凋。夙龄尚遐异，搜对涤烦嚣。
待入天台路，看予度石桥。

只是，次日宋之问再去请教，老僧已不知所终。宋之问打听得知，那老僧竟是"初唐四杰"之一的骆宾王，在徐敬业兵败后，他为避祸，削发为僧。按照正史记载，此时的骆宾王已离世二十余年。

或许是因为宋之问人品低劣，人们便杜撰出这样一段逸事，将"楼观沧海日，门对浙江潮"这样的佳句算在骆宾王名下。其实，宋之问的笔下，也有"近乡情更怯，不敢问来人"这样的妙句。只是，他的品性的确很差。

历史上的宋之问，可谓劣迹斑斑。武则天执政时，宋之问对武则天及其宠幸的张易之、张昌宗兄弟极尽巴结逢迎之能事，毫无文人风骨。后来，中宗李显复位，宋之问被贬至岭南荒僻之地。他悄然回到洛阳，藏匿于好友张仲之家中。张仲之等人密谋除掉权臣武三思，宋之问竟去告发，以致张仲之全家被诛。

宋之问的外甥刘希夷才华出众，作了首《代悲白头吟》，里面有"年年岁岁花相似，岁岁年年人不同"二句，宋之问甚是喜欢。为了将这首诗据为己有，宋之问竟然派人杀害了刘希夷。如此人品，难怪人们不愿意那样的佳句出自他手。

中国人对诗歌的了解，大都是从那首《咏鹅》开始的。这首诗便出自骆宾王之手："白毛浮绿水，红掌拨清波。"在七岁的骆宾王笔下，鹅的姿态甚是可爱。那日，有客人来访，见骆宾王聪颖，便让他以鹅为题作诗。骆宾王略加思索便作出了那首《咏鹅》。

骆宾王字观光，出身寒微，天生聪慧。七岁便能吟诗，有神童之誉。父亲离世后，他在困顿中度过了少年时光。不过，无论生活如何，他从未放弃读书以及安济天下的愿望。

二十一岁那年，骆宾王参加科举落第，此后便绝了这份念想。年近而立之年，他终于觅得了栖身之所，成了道王李元庆的府属。虽只是个吟风弄月的文人，却免了流离之苦。数年后，李元庆有意将骆宾王推荐给朝廷，让他写一篇自我推荐的文章，陈述才华与理想。

然而，骆宾王出于读书人的傲骨和自尊，婉言谢绝了。他在《自叙状》中说："若乃脂韦其迹，乾没其心；说己之长，言身之善；腼容冒进，贪禄要君；上以紊国家之大猷，下以渎狷介之高节；此凶人以为耻，况吉士之为荣乎？"简单来说，他的意思就是：我是个读书人，不喜自我标榜和自我吹嘘。

他有忧国忧民之心，但性情孤傲，这就注定了人生坎坷。很显然，即使走入官场，他也学不会官场上需要的曲意逢迎、攀龙附凤。因此，他的仕途注定黯淡无光。

红尘俗世，最需要的是懂事。

而这懂事二字，往往意味着背叛自己。

天性澄澈的人，永远都学不会。

麟德二年（665），唐高宗完成了泰山封禅。骆宾王因为一篇《为齐州父老请陪封禅表》再度出现在人们的视线中。蛰伏多年后，骆宾王被封为奉礼郎，任东台详正学士。尽管职位卑微，但对骆宾王来说，可算是报国济世的开始。

然而，安稳的日子很快就结束了。大概是因为性情刚直孤傲，骆宾王受到了贬谪。他只得回到故里，过着晴耕雨读的卜居生活。可惜，他不是陶渊明，无法将躬耕的日子过出"采菊东篱下，悠然见南山"的意味。数年后，他又离开了故乡。

或许，对诗人来说，江湖即是故里。

又或许，所有的故乡皆是远方。

2

躬耕于大地，自有其乐趣。

最重要的是，懂得取舍，安贫乐道。

带着济世的宏愿，骆宾王不能完全将自己交给大地。

离开故乡后，骆宾王写了首震撼世人的《帝京篇》投送给时为吏部侍郎的裴行俭。在这首诗里，有长安城的繁华，有王侯贵胄的歌舞升平。诗的最后，骆宾王表达了怀才不遇的愤懑和无奈：

…………

山河千里国，城阙九重门。

不睹皇居壮，安知天子尊。

皇居帝里崤函谷，鹑野龙山侯甸服。

五纬连影集星躔，八水分流横地轴。

秦塞重关一百二，汉家离宫三十六。

桂殿阴岑对玉楼，椒房窈窕连金屋。

三条九陌丽城隈，万户千门平旦开。

复道斜通鹓鹭观,交衢直指凤凰台。
……

已矣哉!归去来。
马卿辞蜀多文藻,扬雄仕汉乏良媒。
三冬自矜诚足用,十年不调几遭回。
汲黯薪逾积,孙弘阁未开。
谁惜长沙傅,独负洛阳才。

南宋文人魏庆之在其《诗人玉屑》中如此评价骆宾王的诗:"骆宾王为诗,格高指远,若在天上物外,神仙会集,云行鹤驾,想见飘然之状。"由这首《帝京篇》可以看出,这样的评价并不过分。

咸亨元年(670),吐蕃进犯大唐边境,三十三岁的骆宾王毅然决定投笔从戎。不久后,他如愿进入了军队,开始了若干年的军旅生涯。他的诗,也有了气吞万里的气概,比如他在诗中写道:"此地别燕丹,壮发上冲冠。昔时人已没,今日水犹寒。"再比如那首《从军行》:

平生一顾重,意气溢三军。野日分戈影,天星合剑文。
弓弦抱汉月,马足践胡尘。不求生入塞,惟当死报君。

后来,骆宾王又去往蜀地,在姚州道大总管李义军中做幕僚,为其起草檄文等。其间,骆宾王与卢照邻多有往来,时常诗酒相与。

唐高宗仪凤三年(678),骆宾王离开军营,出任长安主簿。未久,他又被调往朝廷任侍御史。彼时,唐高宗李治久病,武则天把持朝政。倔强的骆宾王多次冒险进谏，针砭时弊，也曾暗讽武则天。结果，他受到排斥，锒铛入狱。在狱中，骆宾王作了首《在狱咏蝉》：

> 西陆蝉声唱，南冠客思深。
> 那堪玄鬓影，来对《白头吟》。
> 露重飞难进，风多响易沉。
> 无人信高洁，谁为表予心。

尽管身在狱中，他仍是那个不愿屈服的骆宾王。

当然，这样的他，注定难以在朝廷容身。

人生于世，最重要的是精神，或者说风骨和气节。不管环境怎样，我们总不能失去最初的信仰，要有"出淤泥而不染，濯清涟而不妖"的品格。我想，只有如此，才算真正活着。

调露元年（679），恰逢朝廷大赦天下，骆宾王获释。次年，骆宾王被任命为临海县丞。然而，此时的骆宾王深知，高宗卧病多时，朝廷中武则天只手遮天，纵然贫困潦倒，他也不愿再做这个朝廷的官，于是弃官而去。而且，他还作了首《咏怀》表明心迹：

> 少年识事浅，不知交道难。一言芬若桂，四海臭如兰。
> 宝剑思存楚，金锤许报韩。虚心徒有托，循迹谅无端。
> 太息关山险，吁嗟岁月阑。忘机殊会俗，守拙异怀安。
> 阮籍空长啸，刘琨独未欢。十步庭芳敛，三秋陇月团。
> 槐疏非尽意，松晚夜凌寒。悲调弦中急，穷愁醉里宽。

莫将流水引，空向俗人弹。

如果可以，他愿意为大唐王朝献出所有，包括生命。可是，此时的朝廷，武则天翻云覆雨，再不复曾经的清明。所以，骆宾王必须带着担忧离开。

唐高宗李治去世后，武则天更是有恃无恐。身为女子，她有着无人可比的野心和抱负。她想要的，不是垂帘听政，而是登上王朝的顶端，俯视天下。嗣圣元年（684）二月，即位仅五十五天的唐中宗李显被武则天废为庐陵王。不久后，武则天扶植傀儡皇帝唐睿宗李旦登基，她则临朝称制，独揽大权。

那时候，骆宾王身在江南。烟花三月，染柳烟浓，然而再好的风景也难解他心中的悲伤。他的悲伤，不为自己的人生际遇，而是为了王朝易主。

江南云水间，一个身影徘徊着。

几许落寞，几许惆怅。

3

纵观古今，女皇帝只有一个。

她叫武曌，曾经独坐江山之巅，受苍生仰视。

当然，牝鸡司晨，是天下男子都无法接受的。于是，在武则天把持朝政的时候，无数人暗自叹息，也有人起兵讨伐，其中就包括徐敬业。徐敬业为大唐开国元勋徐懋功之孙，承袭英国公。

徐敬业善于骑射，疾恶如仇。武则天废中宗李显后，徐敬业甚是愤慨,立即于扬州起兵,自称大将军、扬州大都督,以勤王为名,号令天下,讨伐武则天。闻讯后,骆宾王来到扬州,做了徐敬业的府属。不久后,他起草了《代徐敬业讨武曌檄》。他在檄文中写道:

> 伪临朝武氏者,人非温顺,地实寒微。昔充太宗下陈,尝以更衣入侍。洎乎晚节,秽乱春宫。密隐先帝之私,阴图后庭之嬖。入门见嫉,蛾眉不肯让人;掩袖工谗,狐媚偏能惑主。践元后于翚翟,陷吾君于聚麀。加以虺蜴为心,豺狼成性,近狎邪僻,残害忠良。杀姊屠兄,弑君鸩母。人神之所同嫉,天地之所不容。犹复包藏祸心,窥窃神器。君之爱子,幽之于别宫;贼之宗盟,委之以重任。呜呼!霍子孟之不作,朱虚侯之已亡。燕啄皇孙,知汉祚之将尽;龙漦帝后,识夏庭之遽衰……

这段文字,历数武则天罪状,可谓不折不扣的人身攻击,却又并非无中生有。男权社会里,武则天的行为绝对是人神共愤的。骆宾王说,武则天曾是太宗的妃子,却又祸乱后宫,做了唐高宗的皇后,还倚仗高宗的宠幸残害忠良,杀害兄长和姐姐。

历数武则天之罪后,骆宾王指出徐敬业起兵讨伐的必要性和正义性。他说,徐敬业为大唐元勋之后,在武则天颠倒乾坤之际,起兵讨伐是为了匡扶大唐社稷,安济苍生。他还说,天下人若能加入此正义之师,共同讨伐倒行逆施的武则天,必能所向披靡。

这篇文章,以笔为刀,词句犀利,气贯长虹,无疑是佳作。檄文发出后,天下响应者不绝,徐敬业声势大噪,军队很快扩展至十余万,朝野震动。

不过，鲁迅对于写檄文号令天下之事却持不同意见。他在《南腔北调集·捣鬼心传》中说："骆宾王作《讨武曌檄》，那'入宫见嫉，蛾眉不肯让人；掩袖工谗，狐媚偏能惑主'这几句，恐怕是很费点心机的了，但相传武后看到这里，不过微微一笑。是的，如此而已，又怎么样呢？声罪致讨的明文，那力量往往远不如交头接耳的密语，因为一是分明，一是莫测的。我想假使当时骆宾王站在大众之前，只是攒眉摇头，连称'坏极坏极'，却不说出其所谓坏的实例，恐怕那效力会在文章之上的罢。"

据说，武则天见到这篇檄文后，先是怒不可遏，当她读到"一抔之土未干，六尺之孤安在"时，不禁为作者的才华折服。得知檄文的作者为骆宾王时，她说，这样才华横溢的人不受朝廷重用，是宰相的失职。若此话出自真心，倒可见武则天的器量。身为女子，敢于登基为帝，必有足够强大的承受力。

不过，檄文再好也只是檄文。徐敬业终究气概有余，谋略不足。一支勤王救国的军队，很快就成了反叛之师。不到半年，义军被平定，徐敬业兵败后为部下所杀。

载初元年（690），武则天登基为帝，改国号为周。或许，她是大唐王朝绕不过去的劫数。那些年，天下男子面对身在江山之巅的她，只能唯唯诺诺、低眉顺眼。

神龙元年（705）初，武则天病重，宰相张柬之等人发动政变，率禁军进入宫中，杀死张易之和张昌宗，武则天不得不让位给中宗李显。那年深冬，武则天病逝。她的一生，是在整个世界惊叹的目光中结束的。

徐敬业兵败，骆宾王不知所终。有人说，他死于战场之上；有人说，他在兵败后隐姓埋名，辗转江湖；有人说，他行至杭州，在灵隐寺出家为僧。其实，以何种方式离开尘世并不重要。重要的是，他曾心系大唐江山社稷。

假如骆宾王出家为僧，时隔多年，他早已勘破世事。

对于江山谁为主人，他定是早已不挂怀。

世间之事，终究只是大梦一场。

张孝祥
世路如今已惯，此心到处悠然

1

浮生一刹，世事无垠。

我们要在刹那的浮生里，活得尽情。

所谓尽情，便是以自己喜欢的方式活着，不拘束，不压抑，不将就；于茫茫尘世，见该见的人，做喜欢的事，成为自己喜欢的那个自己。当然，世事繁杂，要活得尽情，还必须有一颗淡然之心，闲看风月，笑对悲欢。

张孝祥的一生很短暂。三十九年，他不曾虚度，也不曾纠结，活得潇洒自在。只是，如许多有志气的文人，他也以收复中原为夙愿，最终带着悲愤与不甘离世。

他喜欢山川风月，也懂得诗酒趁年华。他的词，豪迈大气，气势磅礴。关于张孝祥的诗文，钱锺书之父、古文学家钱基博评价说："其诗文皆追摹苏轼；而平昔为词，未尝著稿，笔酣兴健，得苏轼之浩怀逸气，襟抱开朗，仍是含蓄不尽。"他还说："其词与辛弃疾同出苏轼。然弃疾恣意横溢，简直文势；孝祥则抗首高歌，犹有诗情；所以发扬蹈厉之中，犹有婉转悠扬之致也。至弃疾则张脉偾兴，而粗粝猛起，奋末广赍之音作矣。"张孝祥写过一首《水调歌头·过岳阳楼作》：

湖海倦游客，江汉有归舟。西风千里，送我今夜岳阳楼。日落君山云气，春到沅湘草木，远思渺难收。徙倚栏干久，缺月挂帘钩。

雄三楚，吞七泽，隘九州。人间好处，何处更似此楼头？欲吊沉累无所，但有渔儿樵子，哀此写离忧。回首叫虞舜，杜若满芳洲。

范仲淹在《岳阳楼记》中写道："至若春和景明，波澜不惊，上下天光，一碧万顷，沙鸥翔集，锦鳞游泳，岸芷汀兰，郁郁青青。而或长烟一空，皓月千里，浮光跃金，静影沉璧，渔歌互答，此乐何极！登斯楼也，则有心旷神怡，宠辱偕忘，把酒临风，其喜洋洋者矣。"

想那范文正公，先天下之忧而忧，后天下之乐而乐；居庙堂之高则忧其民，处江湖之远则忧其君。其实，张孝祥亦是如此。对于江山，他一片赤诚；对于黎民，他无限深情。不同的是，范仲淹活在鼎盛的北宋，张孝祥活在偏安的南宋。从前，大宋河清海晏，黎民安泰；后来，山河破碎，世事浇漓。

登临岳阳楼，张孝祥看到的是世事变幻、沧海桑田。王朝更迭、今古盛衰，只如诗词中的平仄变化，在无垠的时光里，极是寻常。

张孝祥诗文俱佳，最善于填词。其门人谢尧仁评价他的词"如大海之起涛澜，泰山之腾云气。倏散倏聚，倏明倏暗，虽千变万化，未易诘其端而寻其所穷"。

诗词之外,张孝祥还喜欢书法。性情豪放的他,最擅行草,喜欢于酒后落笔,尽情挥洒,字迹飘逸。他的书法,既有颜真卿的苍劲雄奇,又有米芾的峻拔清朗。

关于张孝祥的书法,陆游说:"紫微张舍人书帖,为时所贵重,锦囊玉轴,无家无之。"朱熹说:"其作字多得古人用笔法,使其老寿,当益奇伟。"曹勋说:"笔力雄健,骨相奇伟,风格飘逸,气质清劲,并能自出新意。"

当然,张孝祥赖以成名的,还是他的词。

读他的词,如临大海,只见风起八面,波涛万里。

比如,那首《水龙吟》:

平生只说浯溪,斜阳唤我归船系。月华未吐,波光不动,新凉如洗。长啸一声,山鸣谷应,栖禽惊起。问元颜去后,水流花谢,当年事、凭谁记?

须信两翁不死,驾飞车时游兹地。漫郎宅里,中兴碑下,应留屐齿。酌我清尊,洗公孤愤,来同一醉。待相将把袂,清都归路,骑鹤去、三千岁。

词中的元颜,指元结和颜真卿,他们是好友。元结任道州刺史时发现了浯溪。浯溪著名碑文《大唐中兴颂》是由元结作文,颜真卿书写,两人共同完成的。

几百年过去,斯人早已不在。当年,大唐经历了安史之乱,从此一蹶不振。而如今的大宋王朝,更是被金人驱赶到了南方,只剩一隅之地,逼仄容身。元结与颜真卿的文字与书法相得益彰,成为一时佳话。如今,张孝祥路过浯溪,只有寥落的自己。长啸一声,只有山谷回应。可惜,生不同时,他无法与当年的风雅之人对酌几杯。

张孝祥的笔下,也有素净清雅。

送别好友时,他写过一首《眼儿媚》:

晓来江上荻花秋。做弄个离愁。半竿残日,两行珠泪,一叶扁舟。

须知此去应难遇,直待醉方休。如今眼底,明朝心上,后日眉头。

秋风四起,荻花瑟瑟。

夕阳西下,离开的人形单影只,留下的人黯然神伤。

如他这样豪迈的人,也避不开离愁。

毕竟,一场离别,便是关山万里。

2

一段人生,就是一场花开花落。

花开时,万里如锦;花落后,寂静无声。

最重要的是,开得绚烂,落得淡然。

张孝祥为历阳乌江(今安徽和县乌江镇)人。绍兴二年(1132),他出生于明州鄞县(今宁波鄞州区)的一座古寺中,自幼过着清贫的日子。他是曾写过"洛阳城里见秋风,欲作家书意万重"

的唐代诗人张籍的七世孙。其伯父张邵因不愿入金朝做官而被囚禁，这也是他以收复河山为终生夙愿的一个原因。

张孝祥生而聪慧，喜欢读书，少年时便能过目成诵。年岁渐长，他开始作文填词，文章俊逸，倚马千言，受到许多人的赞誉。

从十六岁开始，他相继在乡试和县试中夺魁。白衣胜雪年岁，他也曾游走翰墨，谈笑风生。那时候，他是个裘马轻狂的青年，寄情山水，流连诗酒，极是潇洒快意。张栻说他"谈笑翰墨，如风无迹"。杨万里则说他"当其得意，诗酒淋漓，醉墨纵横，思飘月外"。

绍兴二十四年（1154），二十三岁的张孝祥在廷试中高居榜首，状元及第。与他同时登第的还有杨万里、虞允文、范成大。也就是那年，秦桧左右主考，致使陆游落第。原本，一切都在秦桧的掌控之中，后来因为高宗干预，秦桧之孙秦埙仅得第三。

二十三岁，正是热血澎湃、无惧无畏之时。朝廷流落异乡、百姓流离失所、叔父被囚金国，都让张孝祥有一种不收复中原不罢休的激情。他是坚定的主战派。走入仕途，他立刻表明了自己的立场。与人相谈，他总会说起北伐的愿望。对他来说，朝廷偏安江左，是极大的耻辱。不久后，秦桧指使其党羽罗织罪名诬告张孝祥的父亲，使其身陷囹圄，受尽折磨，张孝祥也受到了牵连，难以升迁。

秦桧病死后，张孝祥在朝任职，一直做到中书舍人。当然，木秀于林，风必摧之。官场上，所有平步青云的人都会遭人嫉妒。绍兴二十九年（1159），张孝祥被弹劾罢官，回到了十三岁开始生活于斯的芜湖，此后闲居两载。

那些年，金国灭宋之心始终未死。绍兴二十一年（1161），金主完颜亮再次挥师攻宋。大军所到之处，烧杀抢掠，无所不为。宋军在虞允文的指挥下，以不到两万的兵力，大败十五万金军。这场战役，便是著名的"采石之战"。此时，金国后院起火，完颜亮的弟弟完颜雍被拥立为帝。不久后，完颜亮被杀。

完颜亮南下攻宋期间，张孝祥曾上书给李显忠等大将，陈述其战略。虞允文大胜，张孝祥大喜，作了首《水调歌头·闻采石矶战胜》：

雪洗虏尘静，风约楚云留。何人为写悲壮？吹角古城楼。湖海平生豪气，关塞如今风景，剪烛看吴钩。剩喜燃犀处，骇浪与天浮。
忆当年，周与谢，富春秋。小乔初嫁，香囊未解，勋业故优游。赤壁矶头落照，肥水桥边衰草，渺渺唤人愁。我欲乘风去，击楫誓中流。

赤壁之战、淝水之战，皆是以少胜多的战役。

赤壁之战中，周瑜指挥若定；淝水之战中，谢安运筹帷幄。

淝水之战，东晋获胜的消息传来时，谢安正在与好友下棋。看到战报，他若无其事，继续下棋。好友着急地问他战况如何，他平静地说："小儿郎已破敌。"风轻云淡。

张孝祥只是个文人，无法像辛弃疾那样上阵杀敌。但他希望，能如周瑜和谢安那样运筹帷幄、决胜千里。他有一颗建功立业之心。驱逐金人，还我河山，是岳飞的愿望，也是张孝祥的愿望。

可惜，南宋并未乘胜追击，错过了收复中原的良机。隆兴元年（1163），孝宗即位。宋军于符离战役中大败，议和之声此起彼伏。次年，主战派张浚被罢官。十月，张孝祥被贬为建康知府。一次参加筵席，张孝祥作了首《六州歌头》，满纸悲愤：

长淮望断，关塞莽然平。征尘暗，霜风劲，悄边声。黯销凝。追想当年事，殆天数，非人力；洙泗上，弦歌地，亦膻腥。隔水毡乡，落日牛羊下，区脱纵横。看名王宵猎，骑火一川明。笳鼓悲鸣，遣人惊。

念腰间箭，匣中剑，空埃蠹，竟何成！时易失，心徒壮，岁将零。渺神京。干羽方怀远，静烽燧，且休兵。冠盖使，纷驰骛，若为情。闻道中原遗老，常南望翠葆霓旌。使行人到此，忠愤气填膺。有泪如倾。

宝剑空悬，壮志难酬。

在喧嚣的主和声音里，北伐的声音渐渐消失。

遥望北方，泪水如倾，这是无数人的悲伤。

在一个失去了气骨的时代，志士注定报国无门。

被贬出京，还不算结束。不久后，张孝祥被弹劾罢官。后来，他虽复官，先后任职于静江、潭州等地，但已没了进取之心。朝廷中主和派当道，北定中原几乎无望，他便不愿在那个软弱的朝廷里蝇营狗苟地做官。尽管如此，在任地方官时，他还是尽力为民造福，不负苍生。

路过洞庭湖，他写过一首《念奴娇》。

愤懑与凄凉，尽在词中。

洞庭青草，近中秋，更无一点风色。玉界琼田三万顷，着我扁舟一叶。素月分辉,明河共影,表里俱澄澈。悠然心会,妙处难与君说。

应念岭海经年,孤光自照,肝肺皆冰雪。短发萧骚襟袖冷,稳泛沧浪空阔。尽吸西江,细斟北斗,万象为宾客。扣舷独啸,不知今夕何夕。

夙愿难了,他只愿泛舟湖上。

他的肝胆如雪,可惜只有岁月看得清楚。

活在人间,我们必须学着从容,学着随遇而安。

许多事,无法改变,便只能随缘。对张孝祥来说,中原平定、金瓯重圆,已成奢望。既然如此,倒不如辞官而去,隐于山水,纵情诗酒。这样的心情,都在一首《西江月》里:

问讯湖边春色,重来又是三年。东风吹我过湖船,杨柳丝丝拂面。

世路如今已惯,此心到处悠然。寒光亭下水如天,飞起沙鸥一片。

云山为伴,鸥鸟为邻。

远离了尘嚣,他可以独得清闲。

乾道五年(1169),张孝祥辞官归隐故里。次年盛夏,他因病离世,年仅三十八岁。周密在《齐东野语》中说,当日,张孝祥为虞允文饯行,对酌于芜湖舟中,因中暑而逝。

离开的时候,他是坦然的。

他不曾辜负自己，也不曾辜负岁月。

他来去匆忙，却已被青史铭记。

3

爱一个人，从青丝到白发。

即使人各天涯，也始终惦念，从不忘怀。

如此，便可称作深情。

张孝祥的结发妻子为表妹时氏。不过，在张孝祥的诗文中，几无关于时氏的篇章。想必，他们的生活太过平淡，缺少他想要的诗意和激情。张孝祥想要的，是添香的红袖，烹茶煮酒的红颜。

事实上，这样的女子，曾出现在他生命里。那是一个姓李的女子。十六岁时，张孝祥遇见了她。她清新淡雅，眉目如画；他风流倜傥，才华横溢。他们彼此倾心。后来，他们生了个儿子，取名张同之。可惜，这段美好的故事因张孝祥父母反对，未能修成正果。

张孝祥考中状元后，秦桧同党曹泳曾当众向他提亲，却被他婉言谢绝了。一方面，他不屑与秦桧之流结亲；另一方面，他深爱着李氏，不愿移情别恋。但是，最终他拗不过父母之命，娶了时氏为妻。

完婚时，张孝祥不得不与李氏及儿子张同之作别。分开后，李氏出家为尼，此后两人再未见面。张孝祥的词集中，有一首《念奴娇》：

风帆更起，望一天秋色，离愁无数。明日重阳尊酒里，谁与黄

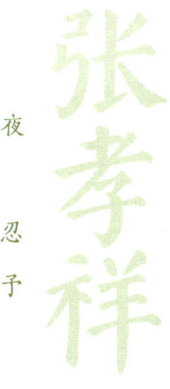

花为主？别岸风烟，孤舟灯火，今日知何处？不如江月，照伊清夜同去。

船过采石江边，望夫山下，酹水应怀古。德耀归来虽富贵，忍弃平生荆布？默想音容，遥怜儿女，独立蘅皋暮。桐乡君子，念予憔悴如许。

一别，便是两处天涯。

执手相看，豪放的他也曾泪眼模糊。

一叶扁舟，载不动离愁万缕。

另外，张孝祥还写过一首《木兰花慢》：

紫箫吹散后，恨燕子只空楼。念璧月长亏，玉簪中断，覆水难收。青鸾送碧云句，道霞扃雾锁不堪忧。情与文梭共织，怨随宫叶同流。

人间天上两悠悠。暗泪洒灯篝。记谷口园林，当时驿舍，梦里曾游。银屏低闻笑语，但醉时冉冉醒时愁。拟把菱花一半，试寻高价皇州。

尘缘散尽，覆水难收。

许多故事，美丽如诗，却敌不过情深缘浅。

曾经，他们花前月下，无限缱绻；曾经，他们共倚西窗，把酒谈笑。后来，往事成空，他只能自斟自酌，独自悲伤。或许，写这首词的时候，李氏已故去。最爱的女子不在，张孝祥的世界荒草蔓延。

张孝祥还有一段和尼姑陈妙常有关的逸事。陈妙常年少多病，被寄养在庵中。她生得花容月貌，颇富文采，又精通琴棋书画。张孝祥路过她的城市，借住于庵堂。入夜，闻琴声幽怨，他便循声而去，看到了陈妙常素手弹琴的身影。月光下，她可谓神姿仙态，张孝祥看得入神。当晚，他写了首词，让人转交给陈妙常：

误入蓬莱仙洞里，松阴忽睹数婵娟。众中一个最堪怜。瑶琴横膝上，共坐饮霞觞。

云锁洞房归去晚，月华冷气侵高堂。觉来犹自惜余香。有心归洛浦，无计到巫山。

这首词，含蓄地表达了爱慕之意。不过，对陈妙常来说，他的行为甚是莽撞和无礼。她不喜这样的浮浪行为。于是，她也作了首词，让人转交给张孝祥：

清净堂前不卷帘，景幽然。闲花野草漫连天，莫胡言。
独坐洞房谁是伴？一炉烟。闲来窗下理琴弦，小神仙。

这首词，意思很明显，就是让张孝祥死心。张孝祥见词，明了其意，便不再纠缠。数日后，好友潘必正造访，闲谈之间，张孝祥说起了陈妙常。闻她才貌双全，潘必正甚感兴趣。

不过，潘必正不似张孝祥那般莽撞。他慢慢地接近陈妙常，与她谈论诗文，继而品茗对弈，两人便熟络起来。后来，情浓之时，便有了云雨之事。陈妙常有了身孕，受尽世人奚落。最终，张孝祥出面，使有情人终成眷属。关于此事，有人写诗戏说：

> 短发蓬松绿未匀，袈裟脱却着红裙。
> 于今嫁与张郎去，赢得僧敲月下门。

不过，这段逸事显然是杜撰的。张孝祥那首词，文辞粗陋，韵脚平仄皆有误，与他写给李氏的词有天壤之别，显然不是他的手笔。终其一生，他最爱的只有李氏。

可惜的是，彼此倾情，却无法共度余生。

不过，深情爱过，他不后悔。

长安诗酒 | 汴京花

题 记

扬州情怀：他写扬州，有人写他。扬州激发了他们无尽的灵感，扬州也因他们的笔墨而诗情画意。他们二人，谁的扬州才是梦境？

第十二回合

杜牧 PK 姜夔

扬州一梦三百年

杜 牧
春风十里扬州路,卷上珠帘总不如

1

他是风流不羁的诗人。

在大唐的诗人里面,没有人比他更像浪子了。

他喜欢饮酒,喜欢写诗,也喜欢流连于秦楼楚馆。而且,对于自己的放浪形骸,他从不遮掩。他在诗中如此写道:"十年一觉扬州梦,占得青楼薄幸名。"他有着"平生五色线,愿补舜衣裳"的志向,但在朝政昏暗的晚唐,他注定壮志难酬。

他的诗里,有山水云烟。

自然,也有岁月流逝后的荒凉与萧瑟。

比如那首《题宣州开元寺水阁阁下宛溪夹溪居人》:

六朝文物草连空,天淡云闲今古同。
鸟去鸟来山色里,人歌人哭水声中。
深秋帘幕千家雨,落日楼台一笛风。
惆怅无因见范蠡,参差烟树五湖东。

杜牧

大唐王朝进入九世纪后,藩镇割据与宦官专权越来越严重。有时候,甚至连皇帝都会沦为宦官手中的棋子。杜牧身在官场,却难有作为。失意的时候,他也想过退隐林泉,如多年前的范蠡那样泛舟五湖。

在唐代所有诗人里面,杜牧的出身可谓优越。当时,长安一代有"城南韦杜,去天尺五"的说法,意思是说,长安城南的韦、杜两个家族,多为达官贵人,距天子只有咫尺之遥。杜牧生于钟鸣鼎食之家,其祖父杜佑曾为宰相。

不过,杜佑离世后,杜家家道中落,杜牧的童年过得非常贫困。后来,他在《上宰相求湖州第二启》中说,自己童年时曾"食野蒿藿,寒无夜烛"。在那样的年月里,杜牧一直在苦读诗书。他十分聪颖,学业进步很快。

二十岁时,杜牧博通经史,对军事及治乱颇感兴趣。二十三岁,杜牧作了借古讽今的《阿房宫赋》,为文坛所熟知。两年后,他又写了《感怀诗》,诗名远播。

唐文宗大和二年(828),二十六岁的杜牧进士及第,其后又通过了制举考试,被授予弘文馆校书郎之职。在参加科举时,杜牧受到了不少名士大儒的赏识和推荐,其中最出名的当数吴武陵。

当时,崔郾即将前去担任主考官,百官为其饯行。此时,吴武陵骑着一头瘦驴求见崔郾。吴武陵将杜牧的《阿房宫赋》给崔郾看,崔郾甚是惊叹。吴武陵乘机向崔郾推荐杜牧,并希望崔郾将其定为状元。经过一番讨价还价,最终崔郾答应,定杜牧为第五名。最后,杜牧果然以第五名的成绩进士及第。登第之后,他作有《及第后寄长安故人》一首:

东都放榜未花开，三十三人走马回。
秦地少年多辨酒，已将春色入关来。

制举考试高中后，杜牧与几位好友往长安城南游赏。后来，他们来到了文公寺，只见一位僧人席地而坐，便前去与之闲谈。僧人问杜牧姓名，同行几人皆夸赞杜牧连中两元，言语中流露出歆羡之情。然而，僧人的态度却极为冷淡，说道："皆不知也。"感慨之余，杜牧作了首《赠终南兰若僧》：

家在城南杜曲傍，两枝仙桂一时芳。
禅师都未知名姓，始觉空门意味长。

杜牧并未就职校书郎。那年十月，杜牧应沈传师之邀，前往洪州（治今江西南昌）任团练巡官。两年后，他又随沈传师来到宣州，继续在其幕中任职。

大和七年（833）春，杜牧奉沈传师之命前往扬州，拜见淮南节度使牛僧孺。他与扬州的缘分就此开始。不过，此时的他并不知道，扬州会成为他生命中的一颗红痣，而他会成为扬州风月的主人。那个春天，身在烟花三月的江南，杜牧眼中皆是山光水色。他作了首《江南春》：

千里莺啼绿映红，水村山郭酒旗风。
南朝四百八十寺，多少楼台烟雨中。

那年，杜牧赴扬州任职，任牛僧孺的节度判官，后又转任掌书记。在扬州，杜牧的日子甚是逍遥，牛僧孺对他的管束极少，他时常出入于烟街柳巷，过着倚红偎翠的日子。

三十三岁那年，杜牧被任命为监察御史，分司东都。他来到了洛阳。因为不在长安，他躲过了一场浩劫。唐文宗与李训等人密谋剪除宦官，却被宦官识破。结果，宦官们指使神策军大开杀戒，许多朝臣被杀，大明宫内血流成河。而且，被杀的大臣，大都被诛族。这就是震惊古今的"甘露之变"。此次事变之后，宦官更是只手遮天，皇帝几如傀儡。身在洛阳的杜牧，既惊恐又悲伤。

他知道，自己济世安民的理想已成泡影。

无疑，那是个晦暗的冬天。岁月深处，血迹犹存。

开成二年（837），杜牧再次来到宣州，在观察使崔郸慕下任团练判官。三年，杜牧回到长安，任左补阙兼史馆修撰，四年，升任膳部员外郎。

从唐武宗会昌二年（842）至唐宣宗大中二年（848），杜牧先后任黄州、池州、睦州刺史。那些年，虽被外放，杜牧却感觉踏实。至少，他可以以父母官的身份造福于民。在地方任职，他始终为民请命，兴利除弊，也曾兴办学校，教化百姓。

两百多年后，苏轼因"乌台诗案"被贬至黄州。因为乐观豁达，他将一段黯淡的人生过出了光彩。他说："竹杖芒鞋轻胜马，谁怕？一蓑烟雨任平生。"他说："回首向来萧瑟处，归去，也无风雨也无晴。"

在"乌台诗案"中，苏轼的好友王巩被贬岭南，侍妾寓娘随之前往。数年后，王巩北归，与苏轼饮酒，苏轼问起岭南风物，寓娘说：“此心安处，便是吾乡。”于是，苏轼在那首《定风波·南海归赠王定国侍人寓娘》中写道：“万里归来颜愈少。微笑，笑时犹带岭梅香。试问岭南应不好？却道：此心安处是吾乡。”可惜，同在黄州，却隔着两百多年时光，杜牧无缘与苏轼临风对酒，畅谈人生。

当然，杜牧也无缘与垂钓于富春江上的严子陵诗酒酬酢。严子陵原名严光，与光武帝刘秀为同窗。后来，严子陵厌倦了尘世是非纷扰，便隐于睦州富春江畔的七里濑，饮酒垂钓，极是快活。刘秀做皇帝后，多次征召，严子陵都婉言谢绝了。可惜，杜牧来睦州任职的时候，距离严子陵垂钓于此，已过去八百多年。

大中二年（848），四十六岁的杜牧被召回长安，任司勋员外郎兼史馆修撰，四年，转任吏部员外郎。不过，此时的他，对仕途之事早已看淡，也没有了年轻时的进取之心。四年秋，他前往湖州任刺史。其间，他时常游赏于山水之间，饮酒写诗。一年后，他再次入京任职，官至中书舍人。

暮年，杜牧修缮了祖父所建之樊川别墅，经常约好友来此相聚。彼时的他，更喜欢简单的生活，喜欢儿女绕膝的温馨。从朝廷回到家里，他时常喝着酒，看孩子们嬉戏。那时候，他作有《归家》一诗：

稚子牵衣问，归来何太迟？
共谁争岁月，赢得鬓边丝。

大中六年（852），杜牧患病，卧床不起，感觉自己将不久于人世，他为自己写好了墓志铭。其后，他检阅平生诗文，将自认平庸的作品尽数焚毁。幸好，外甥裴延翰保存着他的大部分作品。次年深冬，杜牧病逝于长安。

那年，他锁上了大千世界。

从此，繁华与寥落，都与他无关。

人生，是一场匆忙的回归。

2

对杜牧来说，扬州是一场不醒的梦。

他的风流不羁，他的青楼薄幸，皆属于扬州。

三十一岁那年，杜牧来到了扬州。扬州城里，有画桥扁舟，有烟雨楼台；有公子多情，有美人如玉。徐凝说："天下三分明月夜，二分无赖是扬州。"扬州是属于月色的，而当杜牧来到时，扬州便是杜牧的。

那时候，杜牧在淮南节度使牛僧孺幕下任职，日子极为清闲。他最喜欢去的地方，除了云水之畔，便是歌楼妓馆。繁华的扬州，与他的性情甚是相宜。可以说，在扬州的两年，是杜牧一生中最快乐的时光。后来，离开了扬州，他作有《遣怀》一诗：

落魄江南载酒行，楚腰肠断掌中轻。
十年一觉扬州梦，占得青楼薄幸名。

所谓薄幸，大概是对那个女子而言的。

诗酒风流的杜牧，与她蓦然相遇，却又黯然作别。

或许，对杜牧来说，那是一生的伤痕。

他是喜欢扬州的，但他不能永远寄身于此。作为官员，他注定要辗转于各地。纵然与某个女子相逢于风月之地，也注定要悲伤作别。后来，离开了扬州，杜牧还曾写诗寄给身在扬州的好友：

青山隐隐水遥遥，秋尽江南草木凋。
二十四桥明月夜，玉人何处教吹箫？

杜牧来的时候，扬州是繁华和喧嚷的，可谓纸醉金迷。三百多年后，姜夔途经扬州。那时候，被战火烧过的扬州，只剩满目疮痍。忆起杜牧笔下如梦的扬州，姜夔写了首《扬州慢》，满纸喟叹：

淮左名都，竹西佳处，解鞍少驻初程。过春风十里，尽荠麦青青。自胡马、窥江去后，废池乔木，犹厌言兵。渐黄昏、清角吹寒，都在空城。

杜郎俊赏，算而今、重到须惊。纵豆蔻词工，青楼梦好，难赋深情。二十四桥仍在，波心荡、冷月无声。念桥边红药，年年知为谁生。

二十四桥是杜牧的。
山水重楼是杜牧的，清风明月是杜牧的。
扬州的一切，都与杜牧分不开。
幸好，他不知道，扬州会在战火中变成另一番模样。
那日，杜牧一如往常，漫步于烟街柳巷。突然间，他被一阵琴声吸引了。于是，他走到了琴声传出的小楼处。弹琴的是个明媚中略带哀伤的女子。杜牧被她吸引，不忍移步。他听得出，那泠泠的琴声里有悲伤。

弹罢一曲，女子看到了他。而立之年的杜牧，风流俊逸，气度不凡。四目相对，两人都仿佛遇见了故人。故事也便从此开始。那日，他们品茗论诗，倾谈了很久，从琴棋书画到红尘世事，无所不谈。她懂他心存天下的情怀，他懂她寄身风尘的悲伤。他们虽是初见，却仿佛是相识多年的知己。

此后，杜牧常去女子的小楼，与她把盏倾谈。

他们从未说过天长地久。女子深知，风尘中没有永远。

大和九年（835），杜牧被召回长安。离开扬州前，牛僧孺为他设宴饯行。席间，牛僧孺劝杜牧爱惜身体，不要沉湎于风月。然后，牛僧孺让下属取出一个木箱，里面全是兵卒的密报。原来，杜牧每次前往烟花巷陌，牛僧孺都会派人跟随保护，随行兵卒会详细记录杜牧的行踪。对于这些事，杜牧并不知晓。

赴京前，杜牧前去与那个女子作别。那是一个月色如水的夜晚。故事里面，诗人与红颜在月光之下相拥，喁喁私语，黯然神伤。虽然离别早已注定，但是真正发生的时候，他们还是无比感伤。

离别二字，没有经历过的人，不知其中况味。

真正爱过的人，面对离别，是会心疼的。

毕竟，一别便是人各天涯，相见无期。

那夜，杜牧作了两首《赠别》：

娉娉袅袅十三余，豆蔻梢头二月初。

春风十里扬州路,卷上珠帘总不如!

多情却似总无情,惟觉樽前笑不成。
蜡烛有心还惜别,替人垂泪到天明。

　　张泌说:"多情只有春庭月,犹为离人照落花。"杜牧说:"蜡烛有心还惜别,替人垂泪到天明。"无论何时,离别总会让人心情黯然,深情的人尤其如此。对杜牧来说,三千弱水,十里扬州,都抵不上那女子的一颦一笑。

　　但是,他们注定要分开,从此各自红尘。人们总说来日方长,人们也说,离别是相逢的开始。然而,真实的情况却是,人间聚散难期,来日并不方长。至于重逢,往往是一句空洞的承诺。

　　在杜牧离开后,那女子注定要悲伤很久。她知道,有生之年不会再遇到如杜牧那样深情款款、视她如知己的男子。后来,杜牧还到过扬州。只是不知,他是否曾前去寻找那位女子。或许,从他离开扬州开始,那段故事就已画上了句号。

　　许多故事,都输给了情深缘浅。

　　或许,刹那即是永远。又或许,世间从无永远。

　　缘来惜缘,缘去随缘。只能如此。

3

　　杜牧是位天生的诗人。

　　他喜欢饮酒,也喜欢游走于云水之间。

自然，他也喜欢与好友诗酒相与，忘却红尘俗事。

对他来说，功名利禄，抵不上至交三两。

杜牧的朋友很多，比如李中敏、李甘、邢群、卢简求等，他们皆是性情旷逸之人，杜牧与他们交往，只为性情投契。相见时，他们把酒酬唱；离别后，他们彼此惦念。曾写过"故国三千里，深宫二十年"的张祜，也是杜牧的好友。

张祜比杜牧年长十八岁，但这并不妨碍他们成为至交。杜牧任池州刺史时，张祜卜居丹阳。一日，张祜乘舟前往造访杜牧，在途中写了首《江上旅泊呈池州杜员外》寄给杜牧：

牛渚南来沙岸长，远吟佳句望池阳。
野人未必非毛遂，太守还须是孟尝。
江郡风流今绝世，杜陵才子旧为郎。
不妨酒夜因闲语，别指东山是醉乡。

那时候，他们并不相识。

尽管如此，张祜已想好了诗酒酬酢的画面。

皆是性情中人，两人一见如故。

收到张祜的诗，杜牧也回了首《酬张祜处士见寄长句四韵》，他在诗中写道："北极楼台长挂梦，西江波浪远吞空。可怜故国三千里，虚唱歌辞满六宫！"

在池州，张祜受到了杜牧的热情款待。张祜读了杜牧的《杜秋娘诗》，写诗称赞："可知不是长门闭，也得相如第一词。"在张祜看来，杜牧的才情不输司马相如。那些日子，他们也曾携手同游。九

月九日,他们登临齐山,于山巅对坐饮酒。杜牧作了首《九日齐山登高》:

> 江涵秋影雁初飞,与客携壶上翠微。
> 尘世难逢开口笑,菊花须插满头归。
> 但将酩酊酬佳节,不用登临恨落晖。
> 古往今来只如此,牛山何必独沾衣。

数日后,张祜离开了池州。其后,杜牧登临九峰楼,写了首《登池州九峰楼寄张祜》,诗中写道:"睫在眼前长不见,道非身外更何求?谁人得似张公子?千首诗轻万户侯。"意思是,张祜留诗于世,足以笑傲王侯。会昌六年(846),杜牧独步于南亭,又忆起了张祜,再次写诗寄给好友,题为《残春独来南亭因寄张祜》:

> 暖云如粉草如茵,独步长堤不见人。
> 一岭桃花红锦黻,半溪山水碧罗新。
> 高枝百舌犹欺鸟,带叶梨花独送春。
> 仲蔚欲知何处在?苦吟林下拂诗尘。

杜牧在池州,还有一段似有似无的风流韵事。人们都说,晚唐诗人杜荀鹤是杜牧的私生子。宋代周必大《二老堂诗话》引《池阳集》所载:"杜牧之守郡时,有妾怀妊而出之,以嫁州人杜筠,后生子,即杜荀鹤也。此事人罕知。"也就是说,杜牧任池州刺史时,与一女子相好。女子后来生子,嫁给了杜筠。此子即杜荀鹤。也有人说，这是好事之人对杜牧的污蔑。可以确定的是，杜荀鹤生于会昌六年，而杜牧于那年离开池州。

真相如何，已无从考证。

岁月从不说谎，却也经常湮灭真相。

风流洒脱的杜牧，一生总与红颜有关。对于那些命运多舛的女子，他总会心生怜惜。当年，他在金陵遇见写过"劝君莫惜金缕衣，劝君惜取少年时。花开堪折直须折，莫待无花空折枝"的杜秋娘，有感于其悲惨遭遇，作了首《杜秋娘诗》。

杜秋娘十五岁时被镇海节度使李锜纳为妾室。李锜谋反被杀，杜秋娘被籍没入宫，成了宪宗的妃子。宪宗驾崩后，她又做了漳王李凑的傅姆。后来，李凑被贬出京，杜秋娘被放还乡里，无枝可依。对于这样的红颜，杜牧总会心生怜惜。

当年，杜牧在沈传师幕中认识了张好好。张好好天姿国色，擅长歌舞。不久后，她被沈传师的弟弟沈述师纳为小妾。数年后，杜牧任监察御史分司东都，再次遇见了张好好。那时的张好好已被沈述师抛弃，成了一个当垆卖酒的女子。相见却是无语，杜牧在感伤之余，作了首《张好好诗》。

风流潇洒，怜香惜玉，这就是杜牧。

可惜，天下命运多舛的女子太多，他无力相助。

他只能用一支笔，写诗聊表慰藉。

四十八岁那年，杜牧曾连续三次上书请求外放湖州。人们都说，他之所以如此，是为了赴一场十年的约。事情的起因是，在湖州任刺史时，杜牧曾作《叹花》一诗：

自是寻春去校迟,不须惆怅怨芳时!
狂风落尽深红色,绿叶成阴子满枝!

人们说,当年杜牧在宣州时,曾奉沈传师之命出使湖州。湖州刺史设宴款待,还将全城歌伎召来,任杜牧挑选。可惜,那些庸脂俗粉皆不入杜牧之眼。后来,在街市漫步,杜牧偶然遇见一个清丽脱俗的女孩,甚是心动。因为女孩年岁尚小,杜牧便以财帛定聘,还与女孩的母亲约定,十年后前往迎娶。

杜牧在湖州任刺史时,前去寻找那位女子,方才得知,她已嫁人数载,并且生有两子。女子的母亲解释说,她们等了杜牧十年。杜牧前去湖州赴任时,距离约定时间已过去了十四载。人们都说,杜牧因为未能如期赴约,未娶得佳人,惆怅之余才作了那首《叹花》。为了赴约而自请外调,这倒符合杜牧风流不羁的性情。

不过,这个故事经不起推敲。三十一岁那年,杜牧已离开宣州去了扬州。任湖州刺史时,他已四十八岁,若有约定,那么到那时已过去了至少十七年。而且,杜牧虽放纵不羁,却是个守信之人,若是有约定,他必不会失约。故事,终究只是故事。

杜牧是位心忧天下的诗人。

可惜,经过尘世,他终是被岁月辜负了。

他的失落,其实也是很多人的。

姜 夔
念桥边红药,年年知为谁生

1

他是婉约派词人。

同时,他也是书法家和音乐家。

他便是姜夔,字尧章,号白石道人。

他才华横溢,卓然不群,一生未仕,转徙于江湖。但是,尽管寥落清贫,他却活得耿介傲岸,不屑攀龙附凤、曲意逢迎。活在人间,他始终光明磊落。

他的词清婉深挚。张炎说:"姜白石词如野云孤飞,去留无迹。"刘熙载说:"白石,才子之词;稼轩,豪杰之词。才子豪杰,各从其类爱之,强论得失,皆偏辞也。姜白石词'幽韵''冷香',令人挹之无尽。"陈廷焯说:"姜尧章词,清虚骚雅,每于伊郁中饶蕴藉,清真之劲敌,南宋一大家也。"

姜夔的父亲曾任知县。父亲去世后,姜夔在姐姐的照顾下度过了年少岁月。他自幼聪颖,少有才名。然而,命运不济,他四次参加科举考试皆落榜。其后,他辗转于江淮各地,结交文人雅士,过着流连诗酒的日子,看似快活,实则时常落寞。

淳熙三年(1176),姜夔来到了扬州。多年前,杜牧在扬州,过着流连风月的逍遥日子,离开后在诗中写道:"十年一觉扬州梦,占得青楼薄幸名。"那时的扬州,繁华如锦,纸醉金迷。而此时,经过战火洗礼,扬州已是满目荒凉。感慨之余,姜夔作了首《扬州慢》:

淮左名都,竹西佳处,解鞍少驻初程。过春风十里,尽荠麦青青。自胡马、窥江去后,废池乔木,犹厌言兵。渐黄昏、清角吹寒,都在空城。

杜郎俊赏,算而今、重到须惊。纵豆蔻词工,青楼梦好,难赋深情。二十四桥仍在,波心荡、冷月无声。念桥边红药,年年知为谁生。

被金兵洗劫过的扬州,只剩断壁残垣。

立在岁月之前,遥想从前的繁华,姜夔甚觉凄凉。

那样的情境下,即使杜牧重来,怕也难以写尽悲怆。

天边明月照着今古世事,沉默不语。

十年后,姜夔结识了自号千岩老人的诗人萧德藻。因为性情相投,他们成了好友,同游共醉多日。其后,萧德藻还将侄女许配给了姜夔。萧德藻前去湖州任职,姜夔也随之前往。

路过杭州,经萧德藻介绍,姜夔结识了诗人杨万里。杨万里对姜夔欣赏有加,称他诗文俱佳,颇像唐代诗人陆龟蒙。杨万里比姜夔年长二十八岁,但因为彼此投契,结为忘年之交。其后,经杨万里推荐，姜夔又结识了比他大二十九岁的范成大。在范成大眼中，姜夔不仅才华卓绝，而且性情洒脱，有魏晋名士风范。

此后，姜夔在湖州寓居十余年。经杨万里和范成大奖掖，他名声大振，朱熹、辛弃疾等人都曾与他有过来往。湖州人文荟萃，景色宜人，姜夔时常游走于山水之间。偶尔约三两好友，把酒酬唱，对饮流年。

有时候，他也会离开湖州，去往苏州、杭州、金陵等地游赏。性情旷逸的他，无论身在何处，总有不少朋友，与他流连光景，醉卧花间。

绍熙二年（1191）冬，姜夔来到苏州，与范成大诗酒相与多日。两人围炉煮酒，倾谈世事，极是快意。飞雪的日子，范成大索要咏梅诗词，姜夔先作了《疏影》一首：

苔枝缀玉，有翠禽小小，枝上同宿。客里相逢，篱角黄昏，无言自倚修竹。昭君不惯胡沙远，但暗忆、江南江北。想佩环、月夜归来，化作此花幽独。

犹记深宫旧事，那人正睡里，飞近蛾绿。莫似春风，不管盈盈，早与安排金屋。还教一片随波去，又却怨、玉龙哀曲。等恁时、重觅幽香，已入小窗横幅。

文人喜欢梅花，因其孤寒冷傲。

在林逋笔下，梅花是疏影横斜、暗香浮动。

这首词，上片用了赵师雄典故。赵师雄游赏罗浮山，梦见与一素雅女子共餐，其间有绿衣童子歌舞助兴。醒来后，他发现自己躺在一棵梅树下,枝头有翠鸟鸣叫。词的下片用寿阳公主典故。寿阳公主独卧屋檐下,梅花落在额头,无法拂去。宫女见此,纷纷效仿,称为"梅花妆"。整首词极写梅花之孤芳自赏。

写完这首,姜夔意犹未尽,又写了首《暗香》:

旧时月色,算几番照我,梅边吹笛。唤起玉人,不管清寒与攀摘。何逊而今渐老,都忘却、春风词笔。但怪得、竹外疏花,香冷入瑶席。

江国,正寂寂。叹寄与路遥,夜雪初积。翠尊易泣,红萼无言耿相忆,长记曾携手处,千树压、西湖寒碧。又片片吹尽也,几时见得。

看似写梅花,实则是怀人。

曾经,他们携手同游,她素手折梅。

如今,人各天涯,音信杳然。

梅花零落,如同往事。

姜夔写完两首词,范成大命歌女演唱,甚是欢喜。于是,范成大将歌女小红赠给了姜夔。除夕之夜,落雪无声,姜夔带着小红乘舟返回湖州。途中,他作了十首七绝。经过吴江垂虹桥时,他写了首《过垂虹》:

自谱新词韵最娇,小红低唱我吹箫。

曲终过尽松陵路,回首烟波十四桥。

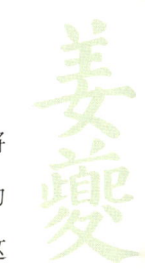

绍熙四年（1193），姜夔在杭州结识了张鉴。张鉴为南宋大将张俊的后人，他对姜夔极是欣赏，他们时常诗酒唱和。张鉴曾想为姜夔买官，被孤傲的姜夔婉拒了。姜夔虽有意于功名，但不屑以这种方式进入仕途。

其后，姜夔一直住在杭州，直到病故。暮年，张鉴对他多有照拂。他们情深义重，是世间难得的知己。姜夔曾说，他们十年相处，情如骨肉。嘉泰二年（1202），张鉴离世，姜夔悲伤了很久。

四十三岁那年，姜夔曾向朝廷进献《大乐议》和《琴瑟考古图》，未受重视。两年后，他又进献《圣宋铙歌鼓吹曲》，被允许参加进士考试。可惜，这次考试，他还是落榜了。此后，他再无出仕之念。

张鉴离世后，姜夔的生活日渐困窘。嘉泰四年（1204）春，杭州发生大火，姜夔的房舍被焚毁，藏书几乎付之一炬。为了生活，年过半百的他不得不四处奔走。嘉定元年（1208），姜夔在贫困中悄然离世。

他的人生，风雨无尽，寂寞无言。

幸好，他的词光彩夺目，足以照耀千年。

幸得如此，他才未被时光淹没。

2

姜夔是个潇洒俊逸的人。

他性情孤傲，但并不缺少朋友。

他喜欢与朋友们畅游山水、醉吟风月。

辛弃疾比姜夔年长十五岁，而且两人词风迥异。尽管如此，他们还是成了很好的朋友。初见时,一个豪放豁达,一个卓然不群,一见如故。那时候在绍兴,他们多次相约,同游陌上,共醉篱前。

绍兴卧龙山下有一座蓬莱阁,为五代吴越王钱镠所建。辛弃疾登临蓬莱阁时,作有《汉宫春·会稽蓬莱阁观雨》:

秦望山头,看乱云急雨,倒立江湖。不知云者为雨,雨者云乎?长空万里,被西风变灭须臾。回首听月明天籁,人间万窍号呼。

谁向若耶溪上,倩美人西去,麋鹿姑苏?至今故国人望,一舸归欤!岁云暮矣,问何不鼓瑟吹竽?君不见王亭谢馆,冷烟寒树啼乌。

这首词,抚今追昔,感慨世事。

不久之后,姜夔唱和了一首《汉宫春·次韵稼轩蓬莱阁》。

文人相交,因了这诗词唱和,平添几分风雅。

一顾倾吴。芘萝人不见,烟杳重湖。当时事如对弈,此亦天乎。大夫仙去,笑人间、千古须臾。有倦客、扁舟夜泛,犹疑水鸟相呼。

秦山对楼自绿,怕越王故垒,时下樵苏。只今倚阑一笑,然则非欤。小丛解唱,倩松风、为我吹竽。更坐待、千岩月落,城头眇眇啼乌。

辛弃疾的词,在感叹世事沧桑的同时,表达了对范蠡五湖生活的向往。姜夔则劝辛弃疾要为山河社稷着想,不负平生夙愿。

后来，韩侂胄主持北伐，辛弃疾登北固楼，写了首传唱千古的《永遇乐·京口北固亭怀古》，表明自己虽至暮年，却是壮心未已。姜夔对这首词甚是喜爱，也唱和了一首《永遇乐·次稼轩北固楼词韵》：

云隔迷楼，苔封很石，人向何处。数骑秋烟，一篱寒汐、千古空来去。使君心在，苍崖绿嶂，苦被北门留住。有尊中酒、差可饮，大旗尽绣熊虎。

前身诸葛，来游此地，数语便酬三顾。楼外冥冥，江皋隐隐、认得征西路。中原生聚，神京耆老，南望长淮金鼓。问当时、依依种柳，至今在否。

在姜夔眼中，辛弃疾可与诸葛亮相比。

他希望此番北伐能成功，辛弃疾能了却夙愿。

可惜，这场北伐终以失败告终。开禧三年（1207），辛弃疾病故。

姜夔有个好友叫张仲远，其妻骄横善妒。她不许张仲远纳妾，甚至不许他与别的女子说话。张仲远收到信件，妻子都要先拆开过目，生怕他与别的女子鱼雁传情。姜夔在张仲远家做客，听张仲远诉苦后，作了首《眉妩》：

看垂杨连苑，杜若侵沙，愁损未归眼。信马青楼去，重帘下，娉婷人妙飞燕。翠尊共款，听艳歌、郎意先感。便携手、月地云阶里，爱良夜微暖。

无限风流疏散，有暗藏弓屦，偷寄香翰。明日闻津鼓，湘江上，催人还解春缆。乱红万点。怅断魂、烟水遥远。又争似相携，乘一舸、镇长见。

这首词，也叫《百宜娇戏张仲远》。姜夔作此词，有故意让张仲远的妻子吃醋生气的意图。在词中，他描写了张仲远与一风尘女子相爱和幽会的事，写得事无巨细，十分真实。

词的上片写相会。日落时分，他来到她的小楼，与那娉婷女子相见，饮酒听曲后，于云月之下，极尽缠绵。词的下片写离别画面。一番风流缱绻后，离别上演。她带走了他的书信，他留下了她的绣花鞋。临别，他们约定，明日黄昏，再聚湘江上。对他们来说，幽会还不够，他们要长相厮守。

张仲远的妻子读了这首词，信以为真，愤怒之下抓伤了张仲远。南宋文人陈鹄在《耆旧续闻》中写道："姜尧章尝寓吴兴张仲远家，仲远屡出外，其室人知书，宾客通问，必先窥来札，性颇妒。尧章戏作《百宜娇》词以遣仲远云云。仲远归，竟莫能辩，则受其爪损面，至不能出外。"

这女子的确是泼辣之人，因为妒忌，将丈夫抓得无法出门。姜夔本是玩笑之举，没想到让好友百口莫辩，被妻子所伤，甚是后悔。为了解释清楚，他难免费一番口舌。

很多时候，姜夔是个风雅飘逸的词人。

不过，有时候，他也会表现出促狭的一面。

风雅而幽默，才是真实的他。

3

有时候，爱如烟火。

有时候，爱如长线，牵绊一生。

白居易与湘灵、陆游与唐婉，皆是彼此深爱却又无奈分离。后来的岁月，白居易和陆游都不曾停止怀念。姜夔也曾对一个女子怀念半生。往往，相逢只是刹那，相忘需要一生。

年轻时，姜夔辗转各地，居无定所。他曾在合肥居住过一段时间。风流不羁的他也如当年的杜牧，喜欢来去于烟街柳巷。不久后，他结识了一对青楼姐妹，与其中一个彼此钟情，深陷情网。

那时候，他是风流快意的才子，她是明艳动人的红颜。故事里，他们把酒言欢，缠绵缱绻。他为她填词，她为他抚琴，日子逍遥。对姜夔来说，那女子就如杜牧笔下的扬州红颜，春风十里不如她。

后来，故事悄然结束。姜夔离开了合肥，从此人各天涯。不过，后来那些年，姜夔始终不曾停止相思。他有八十多首词传世，其中有四分之一是为那女子而作。可惜，故事结束后，只剩各自天涯的孤独，一种相思两处愁。

淳熙十四年（1187）初，姜夔从汉阳前往湖州，泊舟金陵。那夜，他梦见了那个女子，作了首《踏莎行·自沔东来丁未元日至金陵江上感梦而作》：

燕燕轻盈，莺莺娇软。分明又向华胥见。夜长争得薄情知，春初早被相思染。

别后书辞，别时针线，离魂暗逐郎行远。淮南皓月冷千山，冥冥归去无人管。

梦里，画面温暖如初。

只是，梦醒后，他只有孤独的自己。

或许，那样的夜晚，她也在远方想着他。

但他们，终是各自天涯，偶尔写信，寄去只言片语。

离别后，姜夔娶了妻子，有了子女。但终其一生，他最爱的始终是那个女子。她是他的白月光，也是他的朱砂痣。因为倾心，所以怀念。

次日，舟行碧波上，姜夔忆起了夜间的梦，忍不住遥望合肥。显然，那是他神游时常去的地方。相思无计消除，他又作了首《杏花天影》：

绿丝低拂鸳鸯浦。想桃叶、当时唤渡。又将愁眼与春风，待去，倚兰桡更少驻。

金陵路、莺吟燕舞。算潮水、知人最苦。满汀芳草不成归，日暮，更移舟向甚处。

多年前，王献之曾在秦淮河畔迎接爱妾桃叶，还作了首《桃叶歌》。但那日的姜夔，心中相思如麻，眼前江水无垠。他惦念着的那个红颜，无法渡江而来，赴他春水之约。他的惆怅，她无从知晓。

淳熙十六年（1189）春，姜夔泛舟湖上，见画船中一歌女酷似那合肥女子，一时恍然。其后，他作了首《琵琶仙》：

双桨来时，有人似、旧曲桃根桃叶。歌扇轻约飞花，蛾眉正奇绝。春渐远，汀洲自绿，更添了、几声啼鴂。十里扬州，三生杜牧，前事休说。

又还是、宫烛分烟，奈愁里、匆匆换时节。都把一襟芳思，与空阶榆荚。千万缕、藏鸦细柳，为玉尊、起舞回雪。想见西出阳关，故人初别。

眼前那女子，楚楚动人，像当年的她。

可仔细看去，她又分明不是那个他日思夜想的女子。

一别，便是关山迢递，往事无声。当年的杜牧，如今的姜夔，都要在往事里徘徊，然后在现实里感伤。故事越美丽，回忆越伤人。尘缘了断后，总有人痴情地回忆着，越痴情，越悲伤。长情的人，总有无数伤痕。

庆元三年（1197）元宵节，万家灯火之中，姜夔独自寥落。思念着那个女子，他仿佛身在天涯。那夜，他再次梦见她。梦里的她，明媚如旧，温柔如旧。醒来后，春寒料峭，他作了首《鹧鸪天》：

肥水东流无尽期，当初不合种相思。梦中未比丹青见，暗里忽惊山鸟啼。

春未绿，鬓先丝。人间别久不成悲。谁教岁岁红莲夜，两处沉吟各自知。

岁月如流水，欢情似云烟。

徘徊于往事，不过是平添几分凄凉。

两处相思，沉吟不语，他们是彼此的天涯。

姜夔，痴情一生，也悲伤了一生。贫困潦倒的时候，白发苍苍的时候，他仍在思念。他的心里，永远住着那女子。她在他心里，始终是巧笑嫣然的模样。卓然不群、潇洒纵逸的姜夔，为一场逝去的爱情，挂念了一生。

茫茫尘世，他足够深情。

因为深情，所以悲伤。但他从不后悔。

或许，是生活太过薄情。

题 记 _____

  快活值：给李白封仙的人，给晏殊做儿子的人，一个以自己喜欢的方式过一生，另一个以自己喜欢的方式过了小小半生。谁的一生值了？

第十三回合

贺知章 PK 晏几道

以自己喜欢的方式过一生

贺知章
碧玉妆成一树高，万条垂下绿丝绦

1

他是个很纯粹的人。

喜欢诗酒，性情狂放豪直。

他叫贺知章，因为故乡有座四明山，故而自号四明狂客。

他生于越州永兴（今杭州萧山），后来迁居山阴（今浙江绍兴）。少有诗名，在江南云水之间度过了自己的少年时光。他喜欢读书，对他来说，书是极好的栖身之所。读书之余，他时常漫步于镜湖之畔，偶尔也会泛舟湖上。

自然，他也会想起三百多年前那场盛事。那年三月初三，天朗气清，惠风和畅，王羲之在兰亭与谢安、孙绰等几十人举行雅集，把酒赋诗，倾谈世事。那日，王羲之笔走龙蛇，完成了"天下第一行书"《兰亭序》。那样的情节，贺知章无比向往。

后来，他离开了山阴。没想到，这一走竟是半个世纪。再次回到山阴，早已物是人非，如他诗里所写"儿童相见不相识，笑问客从何处来"。他从山水之间出走，最终又回到了山水之间。他将一段平淡的人生，过成了一首静默的诗。诗的开头是少有才名，文采斐然；诗的结尾是功成名就，退隐田园。

中国古代的读书人，大都有着修身齐家治国平天下的理想。简单来说，他们都向往这样的人生：通过科举走入仕途，在完成自己的人生使命后远离尘嚣，退往山水相宜之处。只不过，真正能如此度过人生的寥寥无几。

终究，人生的路上，有太多难以预料的事。

许多人，走着走着，就走入了荒烟蔓草。

贺知章不曾迷路，亦不曾遇到泥沼险滩。他的仕途只有微澜，没有水流湍急。他是潇洒走入仕途，又悠然退身而出的。来去之间，时光已过去了五十年。于他，五十年的花开花落，就像一杯浓酒，一饮而下，尽是诗酒情意。

贺知章生性旷逸不羁，为人极为洒脱。他的远房表弟陆景初总和人说他落拓不羁，是真正的风流之人。陆景初还说，他与别人离别多年也很少挂念，而与贺知章，一日不见便觉得自己心里充满了粗鄙之气。

贺知章一生所好，便是诗酒和书法。可惜的是，他的大部分诗篇都散佚于岁月深处，无处找寻，我们无法从他的诗里见到他的疏狂。但我们知道，他嗜酒如命，老去之后更是如此。自然，能与他对酌的，也是狂放率真之人。

杜甫在《饮中八仙歌》中写道："知章骑马似乘船，眼花落井水底眠。"那些年，长安的酒肆里常有他的身影。或许，狂放的他也曾像李太白那般，醉了便睡在酒肆。

对他来说，有诗有酒，人生就是富足和快意的。至于名利之事，他并不太挂怀。然而，或许正是因为不挂怀，他在仕途上反而走得波澜不惊。名利之事，许多人孜孜以求却一无所获，而有的人，淡然视之却在不经意间独领风骚。世事就是这样让人费解。

在贺知章的身上，我们能看到竹林七贤的影子。曾经，他在外出游赏时见袁家别墅景色甚佳，尽管与主人并不相识，却还是进去赏玩了许久，还写了首《题袁氏别业》：

主人不相识，偶坐为林泉。
莫谩愁沽酒，囊中自有钱。

诗酒是他的最爱，林泉山水亦是。
对他来说，高名巨利远没有山水渔歌值得流连。
贺知章与张旭、张若虚、包融并称"吴中四士"。张旭擅长草书，被称为"草圣"。他经常在醉酒后挥洒笔墨，即使是在王侯贵胄面前也不会有丝毫收敛，人们戏称他"张颠"。杜甫诗云："张旭三杯草圣传，脱帽露顶王公前，挥毫落纸如云烟。"

以疏狂好酒著称于世的贺知章，其实也喜欢草书，也如那张旭，喜欢酒后挥毫。兴致上来，墙壁上、屏风上，他都能尽情挥洒。王羲之的行书被称为"翩若惊鸿，婉若游龙"，而贺知章的传世书法作品《孝经》也被世人盛赞"纵笔如飞，一气呵成，龙蛇飞舞，神采奕奕"。

对于贺知章的书法，唐代书法家窦曌评论说"与造化相争，非人工所到"；唐末诗人温庭筠曾评价说："知章草题诗，笔力遒健，风尚高远。"都说字如其人，从书法的飘逸可见贺知章性情不羁。

可以说，贺知章是大唐最幸福的诗人。

他的人生，基本是在斜风细雨中度过的。

波诡云谲的岁月里，他走得不疾不徐。

他不曾抵达权力的顶峰，那也不是他的理想。活在人间，他只想随心随性，与自己、与生活不离不弃，又保持着清风明月的距离。

他见证了大唐王朝从混乱走向鼎盛。他很幸运，没有看到安史之乱，没有看到王朝在频仍的战事中走向衰败。或许，在离开朝堂的时候，见玄宗纵情声色，他已意识到了危机。不过，那时的他，已是耄耋老人，不愿过问俗事。世间之事，总有起落荣枯，人生如此，王朝亦是如此。

2

旧时的读书人，大都有求取功名之心。

不同的是，有人汲汲于此，有人则淡然视之。

就参加科举的年岁来说，贺知章出发得不算早，但是起点高于很多人。对许多人来说，考中进士已是梦寐以求的事。而贺知章，他于武则天证圣元年（695）参加科举，一举夺魁，状元及第。

尽管如此，他对名利之事始终看得很淡，只是默默地走在那条漫长的路上。当时，武则天已称帝五年。许多人选择了顺从武则天，有些人则选择跟随武则天的面首，也有人认为武则天身在大唐之巅不会太久，暗中谋划着复辟李唐江山。贺知章并没有选择，只是按部就班地在自己的职位上，兢兢业业地做事。

或许是因为，他活得太明白。

世间的许多事，沉浮兴败，他都看得很清楚。

因此，他只是尽力把自己该做的事做好。

人们说，你做三四月的事，八九月自会有收获。这话不假。活在人间，许多东西都无法强求。我们只需认真耕耘，属于我们的终会如期到来。

贺知章是浙江历史上首位有史料记载的状元。及第之后，他被任命为国子四门博士，后来又迁官太常博士。许多年，他并未青云直上。不过，心性淡泊的他并未为此苦闷。相反，公事之余，他总是在诗酒中寻找快意，过着潇洒的日子。

他见证了大唐王朝的那段混乱时光。武则天退位后，大唐王朝政局动荡，发生数次政变。先是武三思与韦后以及安乐公主相勾结，杀害了对中宗李显复位有功的数人；其后，太子李重俊率御林军杀了武三思等人，李重俊则被杀；再后来，韦后与安乐公主合谋鸩杀中宗，拥立傀儡皇帝李重茂，韦后垂帘听政，安乐公主则公开卖官鬻爵。景云三年（712），唐睿宗李旦禅位给李隆基，即唐玄宗。次年夏，玄宗斩杀太平公主的党羽多人，太平公主被赐死。

当然，贺知章也见证了玄宗的励精图治和大唐王朝的兴盛。在这个过程中，他的职位稳步上升。开元十一年（723），经张说推荐，他入丽正殿参与修撰《六典》《文纂》等书，后来又迁官太常少卿。

数年后，贺知章升任礼部侍郎及集贤院学士。再后来，他被调任工部侍郎、太子右庶子、侍读等职。开元二十六年（738），八十岁的贺知章迁官太子宾客、银青光禄大夫兼正授秘书监。不过，对一个喜欢流连诗酒的人来说，所有的职位都抵不过一壶好酒。

开元十三年（725），玄宗封禅泰山。据传说，天上有五方五帝，分别为中央黄帝、东方青帝、南方赤帝、西方白帝、北方黑帝。封禅之前，玄宗问时为太常博士的贺知章该如何祭拜。贺知章细思之后说，其他四帝皆为黄帝的臣属，因此天子只需祭拜黄帝，而由群臣于山下祭拜其他四帝即可。

居庙堂之高，贺知章能够进退自如。他来自江南，不少朝臣嘲笑他的口音，他却不以为意，还写了首《答朝士》：

钑镂银盘盛蛤蜊，镜湖莼菜乱如丝。
乡曲近来佳此味，遮渠不道是吴儿。

诗的意思是，莼菜等物虽产自南方，中原人也喜欢吃，并不会介意其产地。

张九龄来自广东，任宰相时不喜贺知章，还曾经打压他。罢相之后，张九龄对贺知章表达歉意。贺知章却说，一直以来，承蒙其照顾。张九龄问其缘由，贺知章解释说："以前你在朝中任宰相，没人敢嘲笑我来自南方。如今你罢相离开朝廷，朝臣又要拿我这个南方人开玩笑了。"旷达而又幽默，这就是贺知章。

天宝元年（742），李白独自来到长安。那日，贺知章闲来无事，漫步陌上，与之不期而遇。两位同样狂放不羁的诗人，尽管相差四十二岁，却一见如故。贺知章读了李白的《蜀道难》，惊叹之余，称李白为谪仙人。

那日，日落时分，他们走入了长安的一家酒馆。喝着酒，倾谈世事，两人甚是欢畅。喝到后来，贺知章发现未带酒钱，于是毫不犹豫地解下腰间佩带的金龟做了酒资。要知道，金龟是唐代皇帝赐给三品以上官员的饰品。离开酒馆时,两人皆是醉醺醺的模样。红尘陌上,他们想要的,都是尽情尽兴。

此后,他们便成了知交。贺知章能以金龟换酒,李白何尝不是如此?他在《将进酒》中写道:"五花马,千金裘,呼儿将出换美酒,与尔同销万古愁。"无论是对贺知章还是李白,名利之事都抵不上一场醉意。

也只有他们,才能解释诗酒流连四字。

他们的醉意,是属于生命的。

3

每个人都有故乡。

只不过,故乡并非想回便能回。

歌里唱道:"到不了的都叫作远方,回不去的名字叫家乡。"人们总是向往着远方,却没想到,一旦出发便是身在天涯,故乡从此成了异乡。

出发的时候,贺知章大概不会想到,自己一走竟是五十年。但事实就是如此,从他考中状元开始,一晃就是半个世纪。他的大半生,都是在他乡度过的。不过,那些年他始终惦念着家乡,惦念着他的镜湖。

贺知章性情旷逸,晚年好道。据说,他在长安的宅邸位于宣平坊,他家对门有一扇门,一位白发老者常骑驴路过那里。贺知章曾与之攀谈,见他言谈不凡,便知他非寻常人,有意拜他为师。

后来,贺知章将一颗珍贵的明珠送给老者。没想到,老者立即将明珠换了烧饼。贺知章有些不悦,老者却说,修道最重要的是不拘于物。闻此,贺知章甚有心得。

天宝二年(743),贺知章生了一场病,于是请求辞官。玄宗同意了他的请求,还特意下诏,将镜湖一带赐给了他,还让皇太子率百官为他饯行。不仅如此,玄宗还写了首诗赠给贺知章。他在诗的序言中写道:"天宝三年,太子宾客贺知章……志期入道。朕以其年在迟暮,用循挂冠之事,俾遂赤松之游。正月五日,将归会稽。遂饯东路……乃赋诗赠行。"

遗荣期入道,辞老竟抽簪。岂不惜贤达,其如高尚心。
寰中得秘要,方外散幽襟。独有青门饯,群僚怅别深。

离开长安前,贺知章希望玄宗为他的儿子取名。玄宗说,人生于世,最重要的是诚信。于是,他为贺知章的儿子取名贺孚。回到山阴后,贺知章才恍然大悟,孚字为爪字下面一个子字。玄宗和他开了个玩笑,让他的儿子叫贺爪子。

临行,李白以一首《送贺宾客归越》相赠:

镜湖流水漾清波,狂客归舟逸兴多。
山阴道士如相见,应写《黄庭》换白鹅。

当年,山阴道士养了一群鹅,王羲之甚是喜欢,山阴道士便要王羲之写《黄庭经》以换其鹅。贺知章也喜欢书法,因此李白说,希望他回到山阴后,也有王羲之那样的雅兴。贺知章离世后,李白饮酒时忆起了故人，甚是感伤，于是写了首《对酒忆贺监》：

> 四明有狂客，风流贺季真。长安一相见，呼我谪仙人。
> 昔好杯中物，翻为松下尘。金龟换酒处，却忆泪沾巾。

终于，贺知章回到了故乡。一切物事如前，老巷如旧，镜湖如旧，人却是相识无几。走在街巷，说着当年的话，却再也找不回从前的心情。儿童遇见他，好奇地问他从何处来。感慨之余，贺知章作了两首《回乡偶书》：

> 少小离家老大回，乡音无改鬓毛衰。
> 儿童相见不相识，笑问客从何处来。

> 离别家乡岁月多，近来人事半销磨。
> 惟有门前镜湖水，春风不改旧时波。

家，是一个温暖的字眼。

只是，一旦离开，便成了缥缈的远方。

人在红尘，何处才是真正的家呢？

其实，我们最后的家，只有自己。红尘万丈，行遍山水春秋，我们只能回到自己心里，在那里卜居，莳花种草。那是我们最温暖的依归之处。

回到山阴后，贺知章住在镜湖之畔。镜湖的水悠悠地流淌着，似一面镜子，照着今古世事，也照着时光无垠。看水中白发苍苍的自己，贺知章淡然一笑。一切，都像一场梦。

最后的时光，他仍在饮酒写诗，酒醉时仍旧喜欢写几个字。那时候，从前的故人大都已离世，他的好友只有他自己。他很想念从前那些把盏高歌的好友，想起时总觉得温暖。当然，他最想念的，是暮年结识的那位被他称为谪仙人的诗人。红尘陌上，他最像他。

偶尔，他也会泛舟于镜湖之上，随波游荡。名缰利锁从来没有困住他。尽管如此，离开朝堂后，那份轻松仍是无与伦比的。偶尔，他也会在童仆的搀扶下，闲游于深山古寺，于禅院钟声里了悟人生。

最后，许是个黄昏，在淡净的斜阳光线里，贺知章闭上了眼睛。酒杯落地，他的人生画上了句号，就像一个圆，最后是用酒画完的。最后的最后，他终于放下了湖山风月。

白发苍苍的他，将自己还给了岁月。

一场淡然的回归，正是我们想要的。

他走得寂静，一如来时。

晏几道
离歌自古最消魂，闻歌更在魂消处

1

他是个痴绝的词人。

像极了曹雪芹笔下的贾宝玉。

他便是晏几道，承平宰相晏殊第七子。

他是个纯粹的人，也是个天真的人，历经无数悲欢离合，仍是少年人的模样。许多人，经历世事后，总会变得圆滑世故。而晏几道，是不屑于人情世故。他活得纯粹，始终有一颗赤子之心。

他是个痴人。黄庭坚评价他："仕宦连蹇，而不能一傍贵人之门，是一痴也；论文自有体，不肯一作新进士语，此又一痴也；费资千百万，家人寒饥，而面有孺子之色，此又一痴也；人百负之而不恨，已信人，终不疑其欺己，此又一痴也。"

在黄庭坚眼中，晏几道有四痴：仕途偃蹇，却不喜攀附任何人；才华横溢，笔底生花，却不愿以此获取功名；出手阔绰，家人清贫度日，他却无辜得像个孩子；无论别人如何恨他，他都不愿恨别人，也不怀疑对方会欺骗他。其实，在此四痴之外，晏几道还是个痴情的人。只是，他不愿负人，却又总是被无奈辜负。

印象中，他总是在惆怅。

自然，他的惆怅，总是为情而生：

离多最是，东西流水，终解两相逢。
浅情终似，行云无定，犹到梦魂中。
可怜人意，薄于云水，佳会更难重。
细想从来，断肠多处，不与者番同。

最初的欢喜，最后的悲伤。

与情有关的故事，几乎都是如此。

无常的世事里，聚散离合总会如期发生。

如贾宝玉，晏几道可谓是含着金钥匙出生的，可以说生于富贵乡，长于温柔乡。作为宰相晏殊之子，他受尽宠爱，在绮罗脂粉丛中长大。后来，他忆起少时生活，在一首《生查子》中写道："金鞍美少年，去跃青骢马。牵系玉楼人，绣被春寒夜。"

不过，晏几道与其父晏殊完全是两种人。晏殊为了功名苦心孤诣，终于做了宰相。而晏几道对功名之事了无兴趣，他喜欢湖光水色，也喜欢烟雨红颜。可以说，他的大部分心思，都在儿女私情上。他不喜羁束，只愿活得自在潇洒。晏殊最终位极人臣，被无数人羡慕。但我以为，如晏几道那样，无意功名，纵情于诗酒风流，也算活得丰盛。

对晏几道来说，功名富贵只如浮云。在浮名虚利与快意风流之间，他选择后者。事实上，他也是个好酒的人，时常身在醉乡。多

年后,他写过一首《玉楼春》:

> 雕鞍好为莺花住,占取东城南陌路。
> 尽教春思乱如云,莫管世情轻似絮。
> 古来多被虚名误,宁负虚名身莫负。
> 劝君频入醉乡来,此是无愁无恨处。

一醉,便可以无愁亦无恨。

或许,他终于看清,人生本就是一场宿醉。

晏几道的天真里,藏着狂傲与自负。对于王侯权贵,他总是冷眼相看,不屑与之交往。蔡京位高权重,被无数人巴结。某年重阳节和冬至,蔡京两次托人向晏几道求词,晏几道虽答应,却只是很敷衍地作了两首《鹧鸪天》,只字未提蔡京。

事实上,即使是苏轼这样的文坛巨匠,也会被晏几道冷落。苏轼读了晏几道的词,为其才华折服,想与他交往,请黄庭坚将心意转达给晏几道。没想到,晏几道竟说:"今政事半吾家旧客,亦未暇见也。"也就是说,如今朝廷之中,多数是他家旧日座上客,再说也无暇相见,显然没把苏轼放在眼里。傲视权贵,势必会失去很多被提携的机会,但晏几道从不后悔。

因为孤傲,晏几道的朋友并不多。他喜欢结交的,皆是傲岸不群之人。王肱寂寂无闻,却是他的好友。王肱离世后,晏几道为其遗作写了序。重游旧地,物是人非,晏几道作了首《御街行》:

> 街南绿树春饶絮,雪满游春路。树头花艳杂娇云,树底人家朱

户。北楼闲上，疏帘高卷，直见街南树。

阑干倚尽犹慵去，几度黄昏雨。晚春盘马踏青苔，曾傍绿荫深驻。落花犹在，香屏空掩，人面知何处。

黄庭坚是晏几道的一生至交。治平元年（1064），他们偶然相遇，倾盖如故。此后，他们把酒临风，成了知己。黄庭坚比晏几道小七岁，在他看来，晏几道是当世奇才。当然，黄庭坚最欣赏的，是晏几道不拘尘俗的性格。

元丰二年（1079），晏几道与黄庭坚在汴京重逢。他们相与多日，常在寂照房对酌倾谈。有时候，他们会去到酒肆，醉后便在那里酣睡。有时候，倾谈至深夜，他们便同榻而眠。在此期间，黄庭坚作有《次韵叔原会寂照房》：

《风雨》《思齐》诗，草木怨楚调。本无心击排，胜日用歌啸。
僧窗茶烟底，清绝对二妙。俱含万里情，雪梅开岭徼。
我惭风味浅，砌莎慕松茑。中朝盛人物，谁与开颜笑。
二公老谙事，似解寂寞钓。对之空叹嗟，楼阁重晚照。

曹操诗云："对酒当歌，人生几何。"与好友相处，晏几道是个寄情诗酒的词人。后来，他们分别，关山相隔，只能写词遥寄惦念之情。暮年，晏几道将自己的词整理成集，黄庭坚为他作了序。

直到老去，晏几道仍像个天真的孩子。

以自己喜欢的方式过一生，这就是晏几道。

这是他忠于性情的选择，无怨无悔。

2

烈火烹油,鲜花着锦。

晏几道出生时,晏家便是如此。

幼时的晏几道,身边总有很多婢女奴仆。在脂粉丛中,他过着锦衣玉食的生活。彼时,岁月清朗,人间太平,少年不识愁滋味。

晏几道很像贾宝玉。贾宝玉喜欢亲近红颜,晏几道亦是如此;贾宝玉喜欢结交有情有义的才子,晏几道亦是如此;贾宝玉喜欢诗词歌赋,不喜功名,讨厌仕途经济文章,将追名逐利的人称为"禄蠹",晏几道亦是如此。不同的是,家道中落后,贾宝玉最终跟着一僧一道出走,回到了青埂峰,终于明白世事如梦,万境归空。而晏几道,在父亲离世后无奈走入了仕途,过了一段坎坷的人生。《红楼梦》里有两首写贾宝玉的《西江月》:

无故寻愁觅恨,有时似傻如狂。纵然生得好皮囊,腹内原来草莽。

潦倒不通庶务,愚顽怕读文章。行为偏僻性乖张,那管世人诽谤!

富贵不知乐业,贫穷难耐凄凉。可怜辜负好韶光,于国于家无望。

天下无能第一,古今不肖无双。寄言纨绔与膏粱,莫效此儿形状!

想必，在晏几道纵情诗酒风月的时候，晏殊就是这样的态度。在追名逐利的晏殊看来，晏几道算得上不肖子。而在晏几道的眼中，如父亲那样沉醉名利的人，可以称作"禄蠹"。

从小衣食无忧，晏几道养成了养尊处优、放荡不羁的性格。鲜衣怒马的年月，他过着斗鸡走马、诗酒轻狂的生活。他喜欢与人临风对酒，也喜欢独自游走于勾栏瓦舍。他的六位兄长相继走入了仕途，他却厌恶官场，只愿活得潇洒快意。

那时候，他与沈廉叔、陈君龙相交甚笃。沈、陈二人家中有莲、鸿、蘋、云四位才貌不凡的歌伎。晏几道与两位好友每次相聚饮宴，四位歌伎总会歌舞助兴。酒浓之时，晏几道填几阕词，让她们演唱。那时候，日子甚是逍遥。

因为惊才绝艳，每次流连风月，晏几道总会受到无数风尘女子的追捧。他喜欢与她们月下倾谈，也喜欢看她们起舞、听她们弹琴。汴京城里，他的词被无数女子歌唱着。多情的才子、明丽的红颜，故事在悄然间发生。

相逢如诗，离别如雨。

几乎所有的相见相知，都是以离别为代价的。

相聚有多美好，离别就有多悲伤。

多情的人也必多伤。每次相爱都付出真情，这就是晏几道。因为倾情付出，离别后总会黯然神伤。至情之人才能写至情之词。就此来说，晏几道又与痴情的纳兰容若相似。与小蘋分别后，晏几道作了首《临江仙》：

梦后楼台高锁，酒醒帘幕低垂。去年春恨却来时。落花人独立，微雨燕双飞。

　　记得小蘋初见，两重心字罗衣。琵琶弦上说相思。当时明月在，曾照彩云归。

　　落花人独立，微雨燕双飞。
　　他只能饮着酒，在回忆里无声地徘徊。
　　最初的温柔，最后的凄楚。尘缘就是如此。
　　那些巧笑嫣然的女子，都是晏几道的梦。痴情的他，总喜欢将自己交给梦境。只是，梦醒之后，人各天涯，两无消息，他只能独自凄凉。幸好，他有一支笔，可以将相思化成词句，借着酒意一遍遍地回味。

　　斗草阶前初见，穿针楼上曾逢。罗裙香露玉钗风。靓妆眉沁绿，羞脸粉生红。

　　流水便随春远，行云终与谁同。酒醒长恨锦屏空。相寻梦里路，飞雨落花中。

　　最初花开陌上，最后流水落花。一别关山迢递，他不知她身在何处。于是，他只能回到梦里去寻她。梦里，她仍是旧时模样，几分窈窕，几分羞涩。
　　世事无常，尘缘易散。每个人都活在聚散离合之中。许多相逢，都会在不经意间散场。很多人，走着走着就散了，再无踪影。有时候，一别就是山高水长；有时候，一别就是一生。某次筵席上，晏几道结识了一位歌女，她容貌秀美，歌声婉转。别后，晏几道牵肠挂肚，作了首《鹧鸪天》：

小令尊前见玉箫，银灯一曲太妖娆。歌中醉倒谁能恨，唱罢归来酒未消。

春悄悄，夜迢迢。碧云天共楚宫遥。梦魂惯得无拘检，又踏杨花过谢桥。

谢秋娘为唐代宰相李德裕的侍妾，在她离世后，李德裕曾作《谢秋娘》一诗表达悼念之情。后来，人们便以"谢娘"来代指歌伎。张泌诗云："别梦依依到谢家，小廊回合曲阑斜。多情只有春庭月，犹为离人照落花。"无法重逢，晏几道仍只能回到梦里，踩着落花，去到那女子的住处。

据说，素以严谨刻板著称的理学家程颐读到这首词的末两句，夸赞晏几道为鬼才。可以说，程颐是个十足的道学先生。一次，他与兄长程颢一起去参加筵席，见有歌伎在场，他便拂袖而去。次日，他仍对此事耿耿于怀。程颢笑道："昨日席间有歌伎，而我心中没有；今日书斋中没有歌伎，而你心中却有。"能让迂腐的程颐老夫子欣赏，足见晏几道之才情。晏几道还写过另一首《鹧鸪天》：

彩袖殷勤捧玉钟，当年拼却醉颜红。舞低杨柳楼心月，歌尽桃花扇底风。

从别后，忆相逢。几回魂梦与君同。今宵剩把银釭照，犹恐相逢是梦中。

这首词中的女子是幸运的。

分离很久,受尽相思之苦,她终于与晏几道重逢。

那夜,灯火之下,晏几道仍怀疑身在梦中。

有些离别,是永远的两无消息;有些离别,尚有重逢之时。只不过,纵然重逢,也似一场烟火,总会在刹那间熄灭。

尘缘聚散,如浮云舒卷,自有定数。

离别,才是人生常态。

3

月有圆缺,人有起落。

生活,永远是无解的谜题。

不经意间,花落了,梦醒了,我们已身在天涯。

至和二年(1055),晏殊去世。从前,晏家门庭若市,后来却是门可罗雀。对习惯了优渥生活的晏几道来说,这无疑是一个沉重的打击,他就好像从明媚的春日突然间跌入了寒苦的冬天。尽管如此,他仍是那个纯粹和天真的才子,不知进取,不通世故。

他说,朝中大臣多为昔日晏家座上客,并非虚言。事实上,朝堂上很多人都是经过晏殊提拔而受到重用的。而且,仁宗皇帝对晏几道也欣赏有加。倘若晏几道善于逢迎,有志于仕途,又或者,他不那样孤傲,只是个寻常读书人,他定可以有个不错的前程。然而,天生桀骜不驯的他,选择了一条崎岖的路。

晏殊去世后,晏几道受到了二哥的照顾。在二哥的催促下,晏几道娶妻成家。然而,晏几道始终像个天真的孩子。风雅狂傲的他,做不了一个理想的丈夫，很难给妻子现世的安稳。

南宋文人张邦基在其《墨庄漫录》中写道："叔原，聚书甚多，每有迁徙，其妻厌之，谓叔原有类乞儿搬漆碗。"晏几道喜欢藏书，生活贫苦，他经常迁居，每次都得带着心爱的书。妻子厌恶他的藏书，骂他像乞丐搬碗。晏几道无奈，写了首《戏作示内》，他在诗中写道："愿君同此器，珍重到霜毛。"希望妻子能爱惜他的藏书。

他要风花雪月，她要柴米油盐。

很显然，他属于梦境，她属于现实。

他们属于两个世界，如大地与白云。晏几道仍是那个风流恣肆的词人。成婚之后，因为与妻子情趣难投，他仍会忆起曾经付与深情的那些女子。他作过一首《阮郎归》：

旧香残粉似当初。人情恨不如。一春犹有数行书，秋来书更疏。衾凤冷，枕鸳孤。愁肠待酒舒。梦魂纵有也成虚，那堪和梦无。

关山相隔，音书无个。

甚至，连梦里也不见她的身影。

生活清苦，仍不忘相思，这就是晏几道。

为了生活，晏几道走入仕途，做了太常寺太祝。然而，仕途于他像是一片泥淖。熙宁七年（1074），郑侠因进献《流民图》入狱，晏几道受牵连，身陷囹圄。

郑侠是晏几道的好友，曾受王安石赏识。不过，王安石主持变法后，他们日渐疏远。郑侠画了一幅《流民图》，表现变法的不合时宜以及造成的惨状。他将这幅画进献给宋神宗，王安石因此被降职。

后来，郑侠又进献《正直君子邪曲小人事业图迹》，得罪了变法派。结果是，郑侠先入狱，后被流放僻地。变法派在郑侠家里搜得晏几道的一首诗：

> 小白长红又满枝，筑球场外独支颐。
> 春风自是人间客，主张繁华得几时？

他们认为，这首诗意在讽刺变法新贵。于是，晏几道锒铛入狱。不过，晏几道毕竟是晏殊之子，又才华横溢，最终获释。不过，此事之后，他对官场愈加厌恶。

元丰五年（1082），晏几道前往颍昌任职。颍昌知府韩维是晏殊的门生。到任后，晏几道给韩维进献了自己的几首词，希望能借父亲遗泽得些许照拂。对晏几道来说，这已是违背性情的事情。然而，韩维看了他的词，态度冷淡，说他才华有余，德行不足。韩维全然不顾昔日晏殊对他的提携之恩，这让晏几道很无奈。

世态炎凉，人情冷暖，便是如此。

人世间，多的是锦上添花，少的是雪中送炭。

都说，滴水之恩当涌泉相报。然而，恩将仇报的人也不在少数。后来，晏几道也曾在开封府任职，但生活始终难有起色。一个纯粹的词人，很难在是非不断的官场立足。数点人生的时候，晏几道写了首《浪淘沙》：

> 小绿间长红，露蕊烟丛。花开花落昔年同。惟恨花前携手处，往事成空。

山远水重重，一笑难逢。已拼长在别离中。霜鬓知他从此去，几度春风。

花开花落，月圆月缺。

不知不觉，我们已走到了人生的最后。

去日成丘，往事如尘。

宋徽宗大观四年（1110），晏几道离世。七十三岁，他疲惫地闭上了眼睛。走到最后，回望遥远的从前，他仍是那个白衣胜雪的绝世佳公子。他走了，留下一卷《小山词》，照耀着后来的岁月。

当时明月在，曾照彩云归。

他关上了门。而大千世界，仍在喧闹着。

他活在一场悠长的梦里。

长安诗酒
汴京花

题 记

  背向仕途：不走仕途也可青史留名，然而，不经坎坷是不可洒脱过活的。孟浩然的淡然，张先的欣然，哪个更"然"？

第十四回合

孟浩然 PK 张先

玩出个千古留名

孟浩然
春眠不觉晓,处处闻啼鸟

1

他与王维齐名。

他也是唐代著名的山水田园诗人。

但他终身未仕,长期隐于山野。

他便是孟浩然,被李白称赞"风流天下闻"。

人生是一场旅行,从自己出发,向自己回归。最重要的,是如何度过人生。我以为,以自己喜欢的方式活着,洒脱不羁,便称得上风流。孟浩然是位与众不同的诗人,率性而生,亦率性而逝,配得上风流二字。

孟浩然出身于襄阳一个书香门第,家境殷实,衣食无忧。他从小喜欢读书,也喜欢山水渔歌。他最喜欢的诗人就是陶渊明。不过,少时的孟浩然读着圣贤之书,也想过建功立业。后来,家乡发生饥荒,他见百姓流离,便对朝廷有了几分质疑。再后来,出生于襄阳、孟浩然极其仰慕的名相张柬之被流放,使孟浩然对仕途产生了厌恶之心。

原本，孟浩然在家乡的科举考试中夺魁，父亲因此对他寄予厚望。但是，在听闻张柬之被流放之后，孟浩然便不愿再去参加科举。孔子说："天下有道则见，无道则隐。"孟浩然告诉父亲自己不想进入仕途，而且发誓"文不为仕"。他想做个隐士，如陶渊明那样，与明山净水为邻。

对古代大部分读书人来说，出仕为官既是理想，也是生存需要。要知道，古代是没有职业作家的，文人为别人作文，虽能得到些润笔之资，但毕竟不能维持生计。事实上，即使是一千多年后的今天，要以写作维持生计仍是很难的。

大体上可以说，一部中国古代史就是王侯将相的历史。庶民百姓、贩夫走卒，甚至不少文采斐然的人，都很难被历史记住。因此，许多读书人追逐名利是可以理解的。留名青史，是许多读书人的梦想。当然，也有人淡泊名利，只愿以自己喜欢的方式活着，如李颀诗中所写："高才脱略名与利，日夕望君抱琴至。"只不过，这样的人可谓凤毛麟角。

孟浩然是个任性的人，他不只是说说而已。他绝了科考之心，父亲甚是生气，甚至说要与他断绝父子关系。于是，孟浩然干脆离开家去了鹿门山。

鹿门山位于襄阳东南三十里处，山势崔嵬，风景秀逸，是极佳的隐居之处。当年，光武帝刘秀曾来这里，夜间梦见两只鹿，巧合的是，那夜他的侍卫习郁也做了同样的梦。于是，刘秀便让习郁在山上建了一座庙，庙前立了石碑，碑上刻了两只鹿。后来，这座庙被称作鹿门寺，这座山则被称作鹿门山。

习郁被光武帝封侯，其封地在宜城。他除了建鹿门寺，还建了习家池。闲暇时,他时常从宜城乘舟到鹿门山,再到习家池,再从习家池或乘舟或骑马回宜城。东汉末年的名士庞德公,淡泊名利,隐于鹿门山,多年不入城市。

很快,孟浩然就开始了鹿门山的隐居生活。在那里,手中有诗酒,身边有山水,他的日子甚是逍遥快意。他喜欢一个人一袭青衫漫步于溪畔山间,也喜欢与三五好友结伴同行,在林间把酒论文。在那里,他写过一首《登鹿门山怀古》:

清晓因兴来,乘流越江岘。沙禽近初识,浦树遥莫辨。
渐到鹿门山,山明翠微浅。岩潭多屈曲,舟楫屡回转。
昔闻庞德公,采药遂不返。金涧养芝术,石床卧苔藓。
纷吾感耆旧,结缆事攀践。隐迹今尚存,高风邈已远。
白云何时去,丹桂空偃蹇。探讨意未穷,回艇夕阳晚。

隐居这件事,看似惬意,却不是谁都能消受的,只因悠闲往往与无聊相邻。隐居的日子,你必须有事可做。无论对于陶渊明还是孟浩然,这都不是问题。隐于山野,他们可以饮酒写诗,可以读书弹琴,可以莳花种草,也可以漫步山间或泛舟水上,偶尔也可以邀三五好友小酌倾谈、听雨对弈。因此,他们的日子从不会空虚和苍白。孟浩然的一首《夜归鹿门歌》,尽显隐居生活的悠然:

山寺鸣钟昼已昏,渔梁渡头争渡喧。
人随沙路向江村,余亦乘舟归鹿门。
鹿门月照开烟树,忽到庞公栖隐处。

岩扉松径长寂寥，惟有幽人夜来去。

孟浩然特立独行，但并不是位独来独往的诗人。

他喜欢交友，无论是文坛耆宿还是山野村夫，只要性情相投，他都愿意与之相交。他喜欢朋友到访，也喜欢到朋友的家里去，带着醉意离开。那日，他去了一位朋友家里，受到了朋友的热情款待，他作了首《过故人庄》：

故人具鸡黍，邀我至田家。
绿树村边合，青山郭外斜。
开筵面场圃，把酒话桑麻。
待到重阳日，还来就菊花。

或许，写到末尾的时候，孟浩然会想起三百多年前的陶渊明。某年重阳节，陶渊明独自在篱下赏菊，突然酒兴大发，却无酒可饮。在他彷徨无计的时候，蓦然间见一个白衣使者匆匆走来，带着一壶酒。原来，是好友王弘知他家贫，特派使者送酒来。陶渊明也不多问，接过酒便开始痛饮。或许，孟浩然会遗憾，隔着三百多年，无法与陶渊明对酌几杯。

有时候，孟浩然也会约好友在襄阳城外寻幽访胜。对他来说，置身于山水之间或者深林古刹，皆是乐事。某个秋天，他与几位好友登临岘山，作了首《与诸子登岘山》：

人事有代谢，往来成古今。

> 江山留胜迹，我辈复登临。
> 水落鱼梁浅，天寒梦泽深。
> 羊公碑尚在，读罢泪沾襟。

西晋名将羊祜在镇守襄阳时，时常登临岘山，也在此感叹人生苦短。后人为了纪念他，在山上立了羊公碑。那日，秋风四起，落木萧萧，立于岘山上，孟浩然也是感慨万千。世间的一切，从个人的悲喜浮沉，到王朝的盛衰荣辱，都像是一场梦。最终，万事万物都敌不过沧海桑田四字。

红尘太远，人生太短。

但我们，总要一步步前行，从起点到终点。

或许，人生便是一场漫长的仪式。

2

鹿门山的生活，可谓快活。

将自己交给山水，孟浩然无怨无悔。

最让他欣喜的是，他在鹿门山遇见了那个让他倾情一世的女子。

她叫韩襄客，虽是江湖歌女，但才华横溢，婉转清扬。孟浩然初见她惊为天人，很快就沦陷了。他在《赠韩襄客》里写道："只为阳台梦里狂，降来教作神仙客。"在他心里，韩襄客如脱俗的仙子。而韩襄客也回了两句诗："连理枝前同设誓，丁香树下共论心。"原来，她也对他有意。毕竟，那时的孟浩然，已是位风度翩翩、白衣胜雪的诗人，世间女子遇见他，少有不侧目的。韩襄客也是个率真的人,她的回答很明白,愿意与这位才子共结连理。

孟浩然毕竟是书香门第出身,对于他与韩襄客的婚事,孟父坚决反对。然而,叛逆的孟浩然还是瞒着家人与韩襄客完婚了。他们在山间结庐而居,过着醉心琴书诗酒的日子,仿佛神仙眷侣。

数年后,孟浩然的父亲离世,孟浩然深感愧疚,继而幡然悔悟。他决定尽自己的努力走入仕途,以实现父亲对他的期望。当然,对生性恬淡的孟浩然来说,这可以说是一个违心的决定。他最喜欢的,仍是田园生活。与心爱的女子在山水之间过简单的小日子,这是他的理想。至于仕途,他虽未走过,却也知道其中鬼蜮横行、人心难测。

此后十余年,孟浩然游走各地,结交朋友,多次投诗干谒名流公卿,却都无果。开元二十一年(733),游洞庭湖时,孟浩然作了首《望洞庭湖上张丞相》,希望得到张九龄的荐引。

> 八月湖水平,涵虚混太清。
> 气蒸云梦泽,波撼岳阳城。
> 欲济无舟楫,端居耻圣明。
> 坐观垂钓者,徒有羡鱼情。

开元盛世,是一段流光溢彩的时光。

只是,孟浩然始终未能找到助他泅渡的那条船。

张九龄对孟浩然很是欣赏,但他的推荐并未引起玄宗的重视。七年后,玄宗巡视洛阳,孟浩然前去求仕。可惜,虽有襄州刺史韩思复和襄阳令卢僎的举荐,此次求仕仍没有下文。在洛阳逗留数年,孟浩然再次回到了襄阳。那时候，虽然寄身云水，他的诗还是有几分落寞和无奈的。比如那首《夏日南亭怀辛大》：

山光忽西落，池月渐东上。
散发乘夕凉，开轩卧闲敞。
荷风送香气，竹露滴清响。
欲取鸣琴弹，恨无知音赏。
感此怀故人，中宵劳梦想。

最终，孟浩然决定参加科考。

开元十六年（728），在长安参加科举考试的孟浩然本来信心满满，结果落榜，他甚是失落。不过，在长安的日子也并非一无所获。他结识了比他小十二岁的王维，因为情趣相投，两人很快便成了忘年之交，时常同游陌上、把酒花间。

经王维引荐，孟浩然也多次参加京城的文人雅集，还曾在太学赋诗。那日，他从容地吟出两句"微云淡河汉，疏雨滴梧桐"，在场王公大臣无不叹服。

想必，对于诗名远播的孟浩然，唐玄宗是知道的。但是一件事的发生，彻底断绝了孟浩然的入仕之路。那日，孟浩然在王维府邸，忽听得玄宗驾到，他深知自己一介布衣，不能面见圣上，便慌忙躲到了床底下。然而，玄宗还是发现了他。得知他便是孟浩然后，玄宗问他有何新诗。孟浩然紧张地读了那首《岁暮归南山》：

北阙休上书，南山归敝庐。

不才明主弃，多病故人疏。
白发催年老，青阳逼岁除。
永怀愁不寐，松月夜窗虚。

  玄宗听到"不才明主弃，多病故人疏"两句后甚是不喜，说道："你不曾求仕，朕也没有舍弃你，怎能污蔑朕！"结果，孟浩然被放还故里，终身无缘仕途。
  官场那扇门，许多人轻易就能敲开。
  而对孟浩然，那扇门始终紧闭着，不曾打开。
  那年，他带着遗憾离开了长安。其后，他辗转各地，流连山水。如他这般任性率真的诗人，并不适合官场。李白经过多年努力终于进入了朝廷，最终还是被放还。孟浩然与李白性情相似，都是潇洒不羁的人，即使进入官场，也只会磨折性情，难有善果。
  幸好，山水草木、烟雨斜阳，始终对他敞开怀抱。离开京城后的许多年，他继续着流连诗酒的生活。对他来说，自斟自酌也不算孤独。至少还有云山酬酢。他在诗中写道："扁舟泛湖海，长揖谢公卿。且乐杯中酒，谁论世上名。"
  他喜欢在山水之间独自来去，悠然自得。
  他也喜欢扁舟一叶，漂荡湖上。
  那时候，他是属于自己的。

3

  孟浩然是位率真的诗人。

他所结交的，也是率真的朋友。

有件事很有趣，盛唐的诗人里，杜甫欣赏李白，李白欣赏孟浩然，孟浩然与王维是忘年之交，但同龄的李白与王维至少从史料来看并无交往的迹象。

开元五年（717）左右，孟浩然偶遇比他小十二岁的李白，两人很快便成了好友。那些天，他们携手同游，把盏倾谈，无比畅快。之后，他们在武昌重逢，同登黄鹤楼，把酒赋诗。在孟浩然启程前往扬州时，李白写了首《黄鹤楼送孟浩然之广陵》："故人西辞黄鹤楼，烟花三月下扬州。孤帆远影碧空尽，唯见长江天际流。"

开元二十三年（735），李白来到襄阳，与孟浩然相与多日。那些天，他们或游走于市井酒家，或吟诗于云下花间，或徘徊于深山古寺。李白写了首《赠孟浩然》：

吾爱孟夫子，风流天下闻。
红颜弃轩冕，白首卧松云。
醉月频中圣，迷花不事君。
高山安可仰，徒此揖清芬。

作为知己，李白是了解孟浩然的。年轻时，孟浩然厌弃功名利禄，隐于鹿门山，暮年更是与云山为邻。他独爱饮酒，不喜被人驱策。自然，李白自己也是这样的。就如杜甫诗中所言："天子呼来不上船，自称臣是酒中仙。"

不过，李白此番去襄阳，是为了求见荆州长史兼襄州刺史韩朝宗。他作了篇《与韩荆州书》，说世人都言"生不用封万户侯，但愿一识韩荆州"。还在文中写道:"岂不以有周公之风,躬吐握之事,使海内豪俊,奔走而归之,一登龙门,则声誉十倍。所以龙盘凤逸之士,皆欲收名定价于君侯。愿君侯不以富贵而骄之,寒贱而忽之,则三千宾中有毛遂,使白得颖脱而出,即其人焉。"他称韩朝宗能慧眼识人,士人一经他荐引便能声名大增。

在那篇文章中,李白还说自己心雄万夫,若是韩朝宗愿意试他的文采,即使万言,也是倚马可待。大概是文章写得太过狂傲,韩朝宗看了之后并没有奖掖李白。

相反,韩朝宗对孟浩然十分赏识,想向朝廷荐举他,便约他见面。然而,到了约定的日子,韩朝宗等了很久都不见孟浩然的身影。原来,孟浩然正在别处与好友饮酒,早已忘记了约定之事。结果,荐举之事便没了下文。其实,孟浩然不去赴约的真实原因是,他已看淡了入仕之事。那时的他,更愿意将自己交付给江山风月。

对孟浩然来说,李白是知己,王维也是。那年,离开京城的时候,孟浩然作了首《留别王维》,王维作了首《送孟六归襄阳》:

寂寂竟何待,朝朝空自归。欲寻芳草去,惜与故人违。
当路谁相假,知音世所稀!只应守索寞,还掩故园扉。

杜门不欲出,久与世情疏。以此为长策,劝君归旧庐。
醉歌田舍酒,笑读古人书。好是一生事,无劳献《子虚》。

可以说,王维已为孟浩然安排好了余生的生活,那便是隐于田园、饮酒、读书、写诗,别再想仕途之事。王维知道,以孟浩然的性格，即使进入仕途，也必然会落个灰头土脸的结局。与其如此，不如过隐居的悠闲日子。

作为好友，假如王维认为孟浩然适合官场，自然希望好友有个灿烂的前程。但是很显然，孟浩然并不适合官场。或许，我们该庆幸他一生未入官场，这才有了一位纯粹的山水田园诗人。在远离是非的地方，他可以恣意饮酒，尽情欣赏山水，将才华发挥到极致。

开元二十八年（740），孟浩然卧病襄阳。王昌龄从岭南北归，到襄阳探望好友孟浩然。故人相见，甚是欢喜，孟浩然不顾大夫嘱咐，与王昌龄去吃海鲜，还大肆饮酒，结果疾发而逝，终年五十二岁。一生率性，至死仍是如此。

孟浩然去世后，王维写了首《哭孟浩然》："故人不可见，汉水日东流。借问襄阳老，江山空蔡洲！"多年后，白居易来到襄阳，写了首《游襄阳怀孟浩然》：

楚山碧岩岩，汉水碧汤汤。秀气结成象，孟氏之文章。
今我讽遗文，思人至其乡。清风无人继，日暮空襄阳。
南望鹿门山，蔼若有余芳。旧隐不知处，云深树苍苍。

那时候，孟浩然隐居的地方已不可寻。襄阳城热闹如旧，但是少了位纯粹的诗人，山水风月都仿佛失去了主人。不管怎样，许多人经过襄阳，总会想起那个名字，想起他飘然来去的身影。

岁月，无情亦多情。

有的人，去了便是去了，了无踪迹。

有的人，离开多时仍有回响。

张 先
心似双丝网，中有千千结

1

刹那浮生，我们都应热烈地活着。

毕竟，一场热闹后，我们终将寂静地离开。

大千世界，我们只如浮萍，飘飘荡荡，不知归处。人生太短，岁月太长。生于尘世，就应热气腾腾，爱值得爱的人，做喜欢做的事，活得尽情尽兴。

张先便是如此。他一生天真恣意，亦是一生逍遥快活。他是个随性的人，生性幽默，喜欢戏谑和玩闹，很少为琐事而烦恼。因为这样的性情，他活到了八十九岁。其父张维也是高寿之人，为"南园六老"之一，活到了九十一岁。

张先很像金庸先生笔下的老顽童周伯通。不同的是，周伯通痴迷武功，而张先痴迷的是文字、美酒和红颜。他喜欢填词，喜欢饮酒，更喜欢美女。人们说，弱水三千只取一瓢饮。张先却非如此，他恨不得将天下美女尽揽入怀。

宋代的很多词人都有雅号。比如，柳永因为一句"露花倒影，烟芜蘸碧,灵沼波暖"被称作"露花倒影柳屯田";宋祁因为写过"红杏枝头春意闹"被称作"红杏尚书";秦观因为"山抹微云,天连衰草"被叫作"山抹微云秦学士";贺铸因为写过"一川烟草、满城风絮,梅子黄时雨"被称作"贺梅子"。张先写过一首《行香子》:

> 舞雪歌云。闲淡妆匀。蓝溪水、深染轻裙。酒香醺脸,粉色生春。更巧谈话,美情性,好精神。
> 江空无畔,凌波何处。月桥边、青柳朱门。断钟残角,又送黄昏。奈心中事,眼中泪,意中人。

因为这首词,人们称张先为"张三中"。他则因为写过"云破月来花弄影""娇柔懒起,帘压卷花影""柳径无人,堕轻絮无影"几句,自称"张三影"。这几句皆脂粉气十足,但他甚是得意,不屑世人嘲弄。

张先的父亲张维也是满腹经纶之人。关于张维,据南宋词人在《齐东野语》中所载:"少年学书,贫不能卒业,去而躬耕以为养,善教其子,至于有成,平居好诗,以吟咏自娱。浮游闾里,上下于溪湖山谷之间,遇物发兴,率然成章,不事雕琢之巧,采绘之华,而雅意自得。徜徉闲肆,往往与异时处士能诗者为辈。"因为家贫,张维没能完成学业,因此以躬耕为生。他喜欢山水,时常往来于湖山之间,悠然自得。

张先字子野,出生于乌程(今浙江湖州),江南烟水荡涤了他的性情。在父亲的悉心教导下,他成了一个文采斐然的词人。天圣八年(1030),四十一岁的张先进士及第,开始了二十年的仕宦生涯。

那年，与他同时考中进士的，还有欧阳修。

仕途之上，张先不曾显达，却没有遇到多少波折。他是个知足的人，总是一副乐乐呵呵、没心没肺的模样。对他来说，官职低微、日子清贫，皆无所谓。活着，他不求高名巨利，只求安心和快活。

身在官场，他仍是那个戏谑不停的张子野。他喜欢与人把盏，也喜欢与人同游。在别人为了起落浮沉而感慨的时候，他正醉卧花间。

嘉祐三年（1058）年，六十九岁的张先以尚书都官郎中致仕。此后，他离开汴京，回到了江南，游走于杭州等地，过着悠然写意的生活，时而垂钓江上，时而醉饮篱前。有酒有文字，他的生活始终是快乐的。那时候，他与苏轼、蔡襄、梅尧臣等人多有往来，时常诗酒酬唱。

蔡襄任杭州知府时，张先与之相与多时。西湖上，他们曾泛舟把酒，极是快意。后来，蔡襄离开杭州，张先作了首《喜朝天·清暑堂赠蔡君谟》相赠：

晓云开。睨仙馆陵虚，步入蓬莱。玉宇琼瞢，对青林近，归鸟徘徊。风月顿消清暑，野色对、江山助诗才。箫鼓宴，璇题宝字，浮动持杯。

人多送目天际，识渡舟帆小，时见潮回。故国千里，共十万室，日日春台。睢社朝京非远，正如虀、民口渴盐梅。佳景在，吴侬还望，分阃重来。

面对离别，张先从未凄凄切切。

豁达的他始终相信,离别是相聚的开始。

他最为人所称道的,是那首《天仙子》:

《水调》数声持酒听,午醉醒来愁未醒。送春春去几时回。临晚镜,伤流景,往事后期空记省。

沙上并禽池上暝,云破月来花弄影。重重帘幕密遮灯。风不定,人初静,明日落红应满径。

这是张先的得意之作。许是年岁渐老,心中生出了些许伤感,因此这首词里出现了张先词中少有的愁绪。暮春时节,花落无声,如年华逝去,无数人为此感伤。因此,乐天知命的张先也惆怅起来。

词中的"云破月来花弄影"一句,张先自己喜欢,后来的人们也很是推崇。王国维说,着一"弄"字,而境界全出矣。沈际飞在《草堂诗余正集》中说:"心与景会,落笔即是,着意即非,故当脍炙。"杨慎则说:"景物如画,画亦不能至此,绝倒!绝倒!"

元丰元年(1078),张先离世,终年八十九岁。《宋史》中并无张先的传记。幸好,他的诗词留了下来。通过这些诗词,我们看到了他且行且歌且乐的人生。

可以说,他活得随心所欲。

因为随心所欲,所以无所执、无所碍。

匆忙的人生,他活出了境界。

2

众生芸芸，逃不开"名利"二字。

而张先，是为诗酒和美人而生。

野史之中，关于张先的风流韵事很多，真假难辨。不过，可以肯定的是，他的一生始终行走在文字和美酒之中，始终不曾离开红颜。一个"情"字，牵动着千秋岁月。豁达的张先，也未能逃脱这个字。他作过一首《千秋岁》：

数声鶗鴂，又报芳菲歇。惜春更把残红折。雨轻风色暴，梅子青时节。永丰柳，无人尽日飞花雪。

莫把幺弦拨，怨极弦能说。天不老，情难绝。心似双丝网，中有千千结。夜过也，东窗未白凝残月。

心有千千结。世间之事，也只有感情能让张先如此。一场离别后，杜鹃啼血，落花满地。尽管如此，他仍旧相信，真爱是不会断绝的。不过，独自无眠，直到东方发白，也是难言的凄凉。情之一字，就是这般伤人。

据宋杨湜《古今词话》所载，年轻时，张先曾与一个尼姑相好。那时候，他风雅多情，她婉约秀丽，彼此相知相惜多时。后来，庵中老尼发现了他们的情事，将小尼姑关在池塘深处的阁楼上，不许她外出。饶是如此，张先总是于夜深之时，借着月色，悄然乘舟到那阁楼之下，与小尼姑相会。情浓时，张先作了首《诉衷情》：

花前月下暂相逢，苦恨阻从容。何况酒醒梦断，花谢月朦胧。花不尽，月无穷，两心同。此时愿作，杨柳千丝，绊惹春风。

刹那的欢愉，也足以让人沉醉。

花前月下，他们曾经柔情缱绻、私语缠绵。

可惜，他们的爱情未能修成正果。因为种种原因，他们最终只能分手。离开一个心爱的人，就像从春日刹那间坠入秋风之中。那时候，无比不舍的张先写了一首《一丛花令》：

伤高怀远几时穷？无物似情浓。离愁正引千丝乱，更东陌、飞絮蒙蒙。嘶骑渐远，征尘不断，何处认郎踪？

双鸳池沼水溶溶。南北小桡通。梯横画阁黄昏后，又还是、斜月帘栊。沉思细恨，不如桃杏，犹解嫁东风。

这首词，上片写离别之愁，下片写当时相逢的情景。深夜，他乘舟来到她的楼前，沿着梯子登上去，去到她的身边。两情相悦的画面，爱过的人都知道。只是，爱得越热烈，离别后就越悲伤。分开以后，张先心里没着没落，甚是落寞。于是他说，桃杏尚能嫁给东风，他却心无所系。

当时，这首《一丛花令》流传甚广，张先因此得了个"桃杏嫁东风郎中"的雅号。欧阳修对这首词甚是喜爱。后来，张先谒见欧阳修，后者惊喜之余，倒穿着鞋去相见，见面时他说："这就是桃杏嫁东风郎中。"

文人风流，自古皆是。柳永喜欢流连风月，张先步其后尘，也

时常来去于烟街柳巷。在那里,他结识了歌伎谢媚卿。他们偶然相遇,一见倾心。他喜欢她的明媚动人,她欣赏他的清词妙句。此后,张先时常去往谢媚卿的小楼,与之把酒言欢。才子佳人的故事里,有诗有酒,有琴有月,自然还有情深意浓。后来,张先写了首《谢池春慢·玉仙观道中逢谢媚卿》,记录了这段往事:

缭墙重院,时闻有、啼莺到。绣被掩余寒,画幕明新晓。朱槛连空阔,飞絮无多少。径莎平,池水渺。日长风静,花影闲相照。

尘香拂马,逢谢女、城南道。秀艳过施粉,多媚生轻笑。斗色鲜衣薄,碾玉双蝉小。欢难偶,春过了。琵琶流怨,都入相思调。

于张先,所有的红颜皆是佳景。

他愿意为她们流连,也愿意为她们牵肠挂肚。

旷达的他,很多愁绪皆因红颜而生。

暮年,张先寓居杭州。尽管年岁已老,他仍是那个风流洒脱的张子野,时常为歌伎填词作诗。杭妓龙靓写了首诗向他索词:"天与群芳十样葩,独分颜色不堪夸。牡丹芍药人题遍,自分身如鼓子花。"很快,张先便作了首《望江南》赠给龙靓:

青楼宴,靓女荐瑶杯。一曲《白云》江月满,际天拖练夜潮来。人物误瑶台。

醺醺酒,拂拂上双腮。媚脸已非朱淡粉,香红全胜雪笼梅。标格外尘埃。

沈从文在致张兆和书信中写道:"一个女子在诗人的诗中,永远不会老去,但诗人,他自己却老去了。"许多女子,在张先的词里年轻着,明丽着,魅惑着。而张先自己,终究是老去了。

不过,即使白发苍苍,他仍是风流不减当年。

一生一梦,他活得尽情。

3

张先有很多朋友。

他喜欢那些诗酒酬酢的日子。

居庙堂之高,他常与晏殊、宋祁等人相聚,饮酒纵论今古;处江湖之远,他又与苏轼、蔡襄等人频繁往来,常有风雅聚会。对张先来说,有酒有朋友的日子,就是好日子。

张先比苏轼年长四十七岁,但这并不影响他们成为至交。他们偶然相逢,一见如故,从此成了好友,时有往来。文人相交,只看性情,不管年岁地位是否悬殊。

熙宁四年(1071),苏轼因反对王安石变法,被贬为杭州通判。当时,张先就在杭州,故人相见,把酒吟唱,甚是快意。他们也曾一起于杭州山水间游走。那次,他们畅游西湖,听人弹古筝,苏轼作了首《江城子·湖上与张先同赋,时闻弹筝》:

凤凰山下雨初晴,水风清,晚霞明。一朵芙蕖,开过尚盈盈。何处飞来双白鹭,如有意,慕娉婷。

忽闻江上弄哀筝,苦含情,遣谁听?烟敛云收,依约是湘灵。

欲待曲终寻问取，人不见，数峰青。

　　张先比苏轼大四十七岁，但在这首词的题目中，苏轼直呼了张先的名字。这是因为，一来他们情谊深厚，二来张先不在乎这些繁文缛节。都是旷逸之人，少了些约束，多了些自在。

　　三年后，苏轼调任密州（今山东诸城）知州。离开杭州前，他与张先、李常、陈舜俞、刘述、杨绘相聚于湖州，倾谈畅饮，填词作诗，又有歌伎助兴，极是快活。他们也曾泛舟湖上，饱览湖山盛景。

　　后来，人们称这次聚会为"前六客会"。

　　那日，张先作了首《定风波》：

西阁名臣奉诏行，南床吏部锦衣荣。中有瀛仙宾与主。相遇，平津选首更神清。

溪上玉楼同宴喜，欢醉，对堤杯叶惜秋英。尽道贤人聚吴分。试问，也应旁有老人星。

　　那时候，八十五岁的张先豪兴不减。

　　可惜，这次聚会后，苏轼再未与张先重逢。

　　元祐六年（1091），苏轼任杭州知府。一日，他乘闲再次来到湖州，与张询、曹辅、刘景文、苏坚、张弼相聚，把酒论文。忆起当年与众好友相会的情景，苏轼甚是感伤。彼时，除了苏轼，"前六客会"中的其余五人皆已离世。感伤之余，苏轼作了首《定风波》：

月满苕溪照夜堂，五星一老斗光芒。十五年间真梦里。何事？长庚对月独凄凉。

绿鬓苍颜同一醉，还是，六人吟笑水云乡。宾主谈锋谁得似？看取，曹刘今对两苏张。

那时候，张先已离世十三载。

缘聚缘散，一如云卷云舒，谁都没有办法。

朋友之间都应肝胆相照，如此方能无怨无悔。

张先离世的时候，苏轼在徐州任知州。故人离世，他悲不自胜。元丰二年（1079），苏轼在《祭张子野文》中写道："我官于杭，始获拥彗。欢欣忘年，脱略苛细。送我北归，屈指默计。死生一诀，流涕挽袂。我来故国，实五周岁。不我少须，一病遽蜕。"在这篇祭文中，苏轼回顾了他与张先的交往过程。

张先曾指点苏轼写诗。因此，对苏轼来说，张先既是故友，亦是老师。写这篇文章时，苏轼因"乌台诗案"被贬为黄州团练副使。或许，忆起张先，那份达观与从容会给苏轼些许力量。

关于张先与苏轼，人们最津津乐道的是张先纳妾之事。他果然是风流才子，八十岁还在纳妾，娶了个十八岁的美貌女子。而且，他还写了首诗，扬扬得意：

我年八十卿十八，卿是红颜我白发。

与卿颠倒本同庚，只隔中间一花甲。

红颜白发，相映成趣。

张先配得上老顽童这个称号。

见他八十岁纳妾,苏轼写了首诗戏谑:

十八新娘八十郎,苍苍白发对红妆。
鸳鸯被里成双夜,一树梨花压海棠。

不过,这则逸事真假难辨,或许是后人杜撰。据说,在后来的八年里,这位小妾为张先生了四个孩子。张先生平有过十子两女,最大的儿子与最小的女儿相差六十岁,令人咋舌。张先去世后,这位小妾也于数年后郁郁而终。

对于苏轼的调侃,张先毫不在意。

在他的世界里,许多事都是可以笑着面对的。

也只有他这样的人,称得上潇洒。

长安诗酒
汴京花

题 记

　　共情力：李商隐说，我对安排给我的对手不满意。李清照回撑，你有什么资格说这句话？义山与易安，谁更纸短情长？

第十五回合

李商隐 PK 李清照

婉约不是我的真性情

李商隐
欲逐风波千万里，未知何路到龙津

1

他一生悒郁。

他的诗隐晦朦胧，少有人能真正读懂。

他就是李商隐。生于晚唐，本就壮志难酬。偏偏，他又陷入了牛李党争的旋涡之中，以致受尽倾轧和排挤，终身困顿，难有作为。幸好，他的诗缠绵悱恻，足以照亮时光。元好问有一首《论诗绝句》：

望帝春深托杜鹃，佳人锦瑟怨华年。
诗家总爱西昆好，独恨无人作郑笺。

北宋初年，钱惟演、杨亿等人仿效李商隐，写诗喜欢用典，词句华丽，被称作西昆体。这首诗里的"西昆"代指李商隐的诗。东汉经学家郑玄曾为《诗经》做注解，被称为郑笺。这首诗后两句的意思是，李商隐的诗晦涩难懂，可惜无人为之做笺注。当然，李商隐也

有易解的诗,比如那首《宿骆氏亭寄怀崔雍崔衮》:

竹坞无尘水槛清,相思迢递隔重城。
秋阴不散霜飞晚,留得枯荷听雨声。

夜雨敲打枯荷,几分轻灵,几分萧瑟。

不知为何,读这首诗,总想起马戴那几句:"落叶他乡树,寒灯独夜人。空园白露滴,孤壁野僧邻。"我在想,假如这首诗的作者换了苏轼,读来定会有惬意之感。

李商隐字义山,号玉谿生,元和年间出生于怀州河内(今河南沁阳)。他与杜牧并称"小李杜"。少时丧父,李商隐跟随母亲过着贫苦的日子。他曾为别人抄书挣钱,以补贴家用。

李商隐极是聪敏,"五年诵经书,七岁弄笔砚",而且十分好学。他苦读诗书,相信自己能走入仕途,大有作为。十六岁时,李商隐已能诗擅文,在故乡颇有声名。如许多读书人,他也有过济世安民的梦想。然而,当时的大唐,内外交困,风雨飘摇,早已不是文人能实现抱负的那个大唐。

大和三年(829),李商隐来到洛阳,结识了令狐楚。十七岁的李商隐风姿翩然,文质彬彬,且满腹诗才,令狐楚对他十分赏识和器重。不久后,李商隐进入令狐楚幕府任巡官,曾随令狐楚去往郓州、太原等地。那几年,公事之余,李商隐仍在苦读。

令狐楚曾指导李商隐的诗文,李商隐写了首《谢书》表达感激之情:"微意何曾有一毫,空携笔砚奉龙韬。自蒙半夜传衣后,不羡王祥得佩刀。"同时,李商隐也常与令狐楚之子令狐绹往来,流连于诗酒云山。

唐文宗开成二年（837），在有过数次落榜经历后，李商隐终于考中了进士。在他参加科考的过程中，令狐楚曾以钱物相赠，也曾向公卿荐举他。

那年冬天，令狐楚因病离世。开成三年（838）春，李商隐应泾原节度使王茂元所辟，前往其幕下任职。不仅如此，因为赏识李商隐，王茂元还将女儿许配给了他。李商隐不曾料到，入王茂元幕府是他一生悲剧的开始。不经意间，他已陷入了牛李党争的旋涡之中。

唐宪宗元和三年（808），在制举考试中，牛僧孺、李宗闵、皇甫湜等人顺利登第。但他们在对策中针砭时弊，言辞甚是激烈，得罪了宰相李吉甫，结果被贬出京。此后，牛僧孺等人与李吉甫及其子李德裕各自结党，互相排斥，在朝廷中争斗不息，史称"牛李党争"。这场党争持续了数十年。当时的许多文人受党争波及，一生难有出头之日。

王茂元与李德裕交情深厚，李德裕为李党魁首，因此王茂元被人们认为是李党成员。对李商隐十分欣赏，也曾资助他的令狐楚则属于牛党。于是，在加入王茂元幕府后，李商隐便被视为李党成员。自然，在很多人看来，这是对恩人令狐楚的背叛。

开成四年（839），二十七岁的李商隐通过了书判拔萃科考试，被授予秘书省校书郎之职。不久后，他又被调任弘农（今河南灵宝市）县尉。三年后，李商隐再次通过书判拔萃科考试，被任命为秘书省正字。那年，母亲离世，李商隐开始了三年的丁忧期。那三年，他闲居乡里，甚是苦闷。丁忧期满后，他再度入朝任秘书省正字。

入京前,他作了首《春日寄怀》:

> 世间荣落重逡巡,我独丘园坐四春。
> 纵使有花兼有月,可堪无酒又无人。
> 青袍似草年年定,白发如丝日日新。
> 欲逐风波千万里,未知何路到龙津。

纵有花月,却是无酒,亦无知己。

于诗人,这样的日子是寂寞的,也是荒凉的。

事实上,入朝以后,李商隐的日子更是如此。多年在朝,他却几乎未得升迁。对李商隐来说,仕途只是一片荒野,他始终是一个人踽踽独行。三十六岁,他被任命为周至县尉。十年过去,他仍只是个县尉。他终于知道,党争这件事,比想象中更可怕。但他已脱不开身。他注定要在那个旋涡里日渐憔悴。

仕途偃蹇,李商隐曾向从前的好友令狐绹求助。然而,在令狐绹眼中,李商隐是个背信弃义之人,因此对他极为冷淡。李商隐曾亲自前往令狐绹家中拜访,当时令狐绹外出未归,李商隐便在他家墙壁上题了首《九日》:

> 曾共山翁把酒时,霜天白菊绕阶墀。
> 十年泉下无消息,九日尊前有所思。
> 不学汉臣栽苜蓿,空教楚客咏江蓠。
> 郎君官贵施行马,东阁无因再得窥。

李商隐作这首诗，意在讽刺令狐绹不念旧情。然而，这首诗让令狐绹更为生气了，他甚至想拆掉李商隐题诗的那面墙，只因诗中有个"楚"字，正是其父之名，他才作罢。尽管如此，他还是将那间屋子锁了起来。

其实，李商隐并非背信弃义之人。

率真清正，至情至性，这才是真实的李商隐。

世故圆滑，见异思迁，都不是他。

令狐楚父子对他有恩，他始终感念于心，也从未做过有负令狐家的事。在牛李党争激烈之时，他从未相机而动。进入王茂元的幕府，只是年轻的李商隐做的率性选择罢了。真实的李商隐，始终有一颗赤子之心。这样的他，并不适合仕途。李商隐曾想过如陶渊明那样归隐山野，但他，到底是心有不甘。

身处党争的夹缝中，李商隐始终郁郁寡欢。唐宣宗大中十二年（858），他在郑州离世，走得凄凉。他的好友崔珏作有《哭李商隐》：

虚负凌云万丈才，一生襟抱未曾开。
鸟啼花落人何在？竹死桐枯凤不来。
良马足因无主踠，旧交心为绝弦哀。
九泉莫叹三光隔，又送文星入夜台。

不管怎样，他离开了喧嚷的红尘。

一生的坎坷与荒凉，终于画上了句号。

关上了门，他从此了无消息。

2

人们说，他是个有故事的人。

的确，他的人生中，有过数段若有似无的故事。

或许也可以，将其称作往事。

李商隐喜欢写无题诗，所写之诗又总是晦涩难懂。世人总喜欢猜测，李商隐的诗越是难解，人们就越喜欢在那些词句里找寻关于爱恨情仇的蛛丝马迹。猜得多了，在人们心中，李商隐便成了一个多情种。

人们说，李商隐青年时期曾在玉阳山修道。在那里，他结识了宋华阳，并发生了恋情。李商隐曾数次在诗中提到宋华阳的名字，比如《月夜重寄宋华阳姊妹》，比如《赠华阳宋真人兼寄清都刘先生》。甚至有人说，李商隐与宋华阳姊妹二人皆有暧昧之情。

宋华阳本为宫女，公主选择入山修道，她便随之前往。人们说，宋华阳天生丽质，李商隐风流倜傥，两人一见如故。但因身份所限，他们只能偷偷相爱，在无人处相见，离别后则以书信寄情。据说，李商隐那首《无题·相见时难别亦难》就是为宋华阳所写：

相见时难别亦难，东风无力百花残。
春蚕到死丝方尽，蜡炬成灰泪始干。
晓镜但愁云鬓改，夜吟应觉月光寒。
蓬山此去无多路，青鸟殷勤为探看。

相见时难别亦难，的确如此。

相见时有多缠缠绵绵，离别后就有多凄楚悲伤。

倘若这段故事为真，倒也符合李商隐才子的身份。据说，后来宋华阳怀孕，李商隐因此被逐下了山。此后，他与宋华阳再未见面。为此，李商隐作有《春雨》一诗：

怅卧新春白袷衣，白门寥落意多违。
红楼隔雨相望冷，珠箔飘灯独自归。
远路应悲春晼晚，残宵犹得梦依稀。
玉珰缄札何由达，万里云罗一雁飞。

往事已矣，忆起来只有感伤。
多年后，李商隐再次登上玉阳山，已物是人非。
感伤之余，他作了首《重过圣女祠》：

白石岩扉碧藓滋，上清沦谪得归迟。
一春梦雨常飘瓦，尽日灵风不满旗。
萼绿华来无定所，杜兰香去未移时。
玉郎会此通仙籍，忆向天阶问紫芝。

那首《当爱已成往事》里写道："往事不要再提，人生已多风雨，纵然记忆抹不去，爱与恨都还在心里。真的要断了过去，让明天好好继续，你就不要再苦苦追问我的消息。爱情它是个难题，让人目眩神迷，忘了痛或许可以，忘了你却太不容易。你不曾真的离去，你始终在我心里，我对你仍有爱意，我对自己无能为力……"

一场爱，似一场花事。

花落的时候，人各天涯，往事无法拾掇。

但是，总有人沉湎于爱情。因为沉湎，所以悲伤。

民间还传说，李商隐曾与一个叫荷花的女子相爱。两人青梅竹马，甚是情深。在李商隐进京参加科举考试前，荷花突发疾病。于是，李商隐放弃了当年的科考，留下来伴着荷花，直到她离世。之所以有这段故事，大概是因为李商隐有数首以荷花为题的诗。

不过，李商隐与柳枝的故事却是真实的。那年，李商隐赴长安参加科考，路过洛阳时，在堂兄李让山家小住了数日。柳枝就住在李让山家隔壁。她生于富商之家，温婉可人，琴艺高超，李商隐在《柳枝五首》序言中写道："吹叶嚼蕊，调丝擪管，作天海风涛之曲，幽忆怨断之音。"而且，柳枝也喜欢诗词歌赋。

一日，李让山吟诵李商隐的《燕台诗》，柳枝听后，怦然心动。询问之后，得知作者为李商隐，便割下一截衣带，请李让山转交给李商隐，并以此求诗一首。这就是"断带乞句"的典故。纳兰容若在一首《蝶恋花》中写道："断带依然留乞句，斑骓一系无寻处。"

次日，李商隐与李让山来到柳枝家附近，柳枝与李商隐相约三日后见面。她还说，三日之后，必焚香以待。然而，三日之后，李商隐因事未能赴约。后来，柳枝被富商娶走。李商隐作了《柳枝五首》，请李让山题在柳枝从前居处。

花房与蜜脾，蜂雄蛱蝶雌。同时不同类，那复更相思？
本是丁香树，春条结始生。玉作弹棋局，中心亦不平。
嘉瓜引蔓长，碧玉冰寒浆。东陵虽五色，不忍值牙香。
柳枝井上蟠，莲叶浦中干。锦鳞与绣羽，水陆有伤残。

画屏绣步障,物物自成双。如何湖上望,只是见鸳鸯?

若是那日李商隐如期赴约,或许故事便是不同的结局。然而,世间的许多事是无法说如果的。一说如果,便显得虚渺无力。就比如,如果春天不谢幕,如果月亮从来不缺,如果世间从无阴雨。很多时候,说到如果,故事已有了结局。

人与人相遇相知,有时候只有刹那的机会。一旦错过,便是永远的两不相知。那段故事,还未开始就已结束了。李商隐大概怨过自己。但是,想必他会明白,这就是缘分。

聚是缘分,散也是缘分。

走过红尘,我们能做的只有随缘而已。

只是,随缘二字并不容易。

3

李商隐是个深情的人。

不过,他的深情并非付给了故事中的那些女子。

他最让人感动的,是对妻子的深情。

李商隐的妻子王晏媄是王茂元的女儿,秀美端丽,明媚清婉。曾经,在一次筵席上,他们遇见彼此,一见倾心。他喜欢她的秀雅明媚,她欣赏他的潇洒俊逸。那日,李商隐作了首《无题·昨夜星辰昨夜风》:

昨夜星辰昨夜风,画楼西畔桂堂东。

身无彩凤双飞翼,心有灵犀一点通。
隔座送钩春酒暖,分曹射覆蜡灯红。
嗟余听鼓应官去,走马兰台类转蓬。

此后,他们许久未见。

然而,毕竟是有缘,他们终于还是重逢了。

李商隐进入了王茂元的幕府,还做了王家的女婿。他所娶的,正是当时与他心有灵犀的那个女子。我猜想,李商隐选择在王茂元幕中任职,一方面是因为年轻和率真,不懂得党派之争的可怕,另一方面正是为了这位王小姐。为了爱,他可以奋不顾身。

世间最美好的事情,莫过于与一个自己深爱也深爱着自己的人相守终身。李商隐和王晏媄,是彼此心中那个对的人。从前,他们心有灵犀;婚后,他们琴瑟和鸣。他们可以煮酒写诗,可以游山玩水,也可以赌书泼茶。日子在他们手中像是一首温暖的诗。

李商隐比王晏媄大十岁,他爱她如生命。

那个秀丽温柔的女子,值得他用一生去守护。

李商隐喜欢为妻子作诗,他说:"近知名阿侯,住处小江流。腰细不胜舞,眉长唯是愁。黄金堪作屋,何不作重楼?"另外,他在一首《无题》中表达了对她的爱:

照梁初有情,出水旧知名。
裙衩芙蓉小,钗茸翡翠轻。
锦长书郑重,眉细恨分明。
莫近弹棋局,中心最不平!

对他来说，妻子便是世间最美的风景。

如果可以，他愿意为她倾尽温柔。

李商隐写过一首《为有》："为有云屏无限娇，凤城寒尽怕春宵。无端嫁得金龟婿，辜负香衾事早朝。"看上去，这首诗写的是女子独守空房的惆怅。细读之下才明白，这里所写的，正是李商隐自己的不舍。他希望，有生之年伴着那女子，永远在她身边，不离不弃。

只不过，真实的生活，必然是聚散相依的。为了生活，李商隐不得不四处奔波。在他们有了孩子之后，他更需如此。为了所爱的人奔波于尘世，这也是一种幸福。更让李商隐欣慰的是，他虽然一生抑郁不得志，妻子却从未嫌弃他。相反，她爱他，如他爱她那般。李商隐的苦闷与悲伤，她都明了。李商隐在外奔波，她照料家庭，从无怨言。

关山迢递，他们只能书信传情。

那次，人各两地，李商隐寄给妻子一首《夜雨寄北》：

君问归期未有期，巴山夜雨涨秋池。
何当共剪西窗烛，却话巴山夜雨时？

他想着，西窗之下，与妻子把盏共话。

可惜，这段美丽的爱情，却未能走到最后。

大中五年（851），李商隐三十九岁。那年春夏间，妻子王晏媄不幸离世，李商隐悲恸欲绝。因为深爱过，所以心痛难当。他在诗中写道："相思树上合欢枝，紫凤青鸾并羽仪。肠断秦台吹管客，日西春尽到来迟。"没有经历生离死别的人，不会明白肝肠寸断的滋味。

八百多年后,妻子离世,纳兰在那首《浣溪沙》中如此写道:"被酒莫惊春睡重,赌书消得泼茶香。当时只道是寻常。"当时只道是寻常,仅此一句,不忍卒读。可以说,失去了最爱的那个人,便是失去了全世界。

悲伤过后,李商隐还得继续生活。他要把他们的孩子抚养成人。后来那些年,他始终独居,未再续弦。他曾在梓州幕府任职四年。东川节度使柳仲郢曾打算将一年轻女子许配给李商隐,被他婉言谢绝了。他的心里,只有亡妻。

四十四岁那年冬天,飞雪的日子,李商隐写诗说:"潘岳无妻客为愁,新人来坐旧妆楼。春风犹自疑联句,雪絮相和飞不休。"多年前的冬天,落雪如诗,他曾与妻子赏雪联诗。往事不堪回首。或许,那首《锦瑟》也是为亡妻所写:

锦瑟无端五十弦,一弦一柱思华年。
庄生晓梦迷蝴蝶,望帝春心托杜鹃。
沧海月明珠有泪,蓝田日暖玉生烟。
此情可待成追忆,只是当时已惘然。

许多事,过去了便一去不回。红尘陌上,有相聚就有别离,有欢喜就有忧愁。聚散离合总会在不经意间发生。我们能做的,不过是珍惜眼前人,和目下的光阴。

四十六岁,李商隐离开了人世。

不管怎样,凉薄的世界里,他曾深情而活。

只是,至情至性的他,少有人懂。

李清照
生当作人杰,死亦为鬼雄

1

杭州。

江湖水暖,陌上花开。

女子在她的世界里深居简出。她已在杭州度过了二十个春秋,孑然一身,冷暖自知。幸好,春花秋月、夏风冬雪都还如从前那般深情,给她几分慰藉。尽管如此,那些年她的文字里尽是凄凉。毕竟,江山摇落,故土难归,她只是个异乡人。

江山半壁,朝堂上的人们无心收拾。而有志于收取关山的那些人,总是壮志难酬。女子的悲伤,一方面是源于自身经历,另一方面是源于南宋王朝的苟延残喘。春和景明的日子,她走到西湖畔,徘徊许久,又悄然离去。一个朝廷被安置在湖畔,在凌乱的世事里,西湖已认不出诗人。

有时候,她甚至不愿出门。

她宁愿在寂静的庭院中,与憔悴的自己面对面。

一日,她作了首《武陵春》:

风住尘香花已尽,日晚倦梳头。物是人非事事休,欲语泪先流。闻说双溪春尚好,也拟泛轻舟。只恐双溪舴艋舟,载不动,许多愁。

春已暮,花已谢,岁月已凉。许多从前,早已化作烟尘。她说:物是人非事事休,欲语泪先流。想要去泛舟,却总觉得,扁舟载不动哀愁。

这女子,便是李清照。

她惊才绝艳,被称为古今第一才女。

她可以笑傲于须眉之间。

那时候,她已至暮年,白发苍苍。偶尔,她对着菱花镜,恍惚之间,满眼都是自己十几岁时的样子。少女饮了几杯酒,带着几分醉意泛舟,不知不觉已到了荷花深处。烟水之间,她自顾自地划着小舟。蓦然间,无数鸥鸟被惊起。数年后,她在汴京,写了首《如梦令》:

常记溪亭日暮,沉醉不知归路。

兴尽晚回舟,误入藕花深处。

争渡,争渡,惊起一滩鸥鹭。

那时候,她是个明朗的少女。

时光如水。不知不觉,她已是华发满头。

李清照的词,足以照耀古今。而且,她性情冷傲,对很多所谓的文人墨客都颇为不屑。她还写过一篇《词论》,评点了北宋诸多词人。她说，当时的许多词人，都不足以称为大家。

在她看来，李煜的词过于哀伤；柳永格调不高；张先、宋祁等人只是偶有妙语，配不上名家的称号；欧阳修、苏轼等人于词着力太少。至于晏几道、贺铸、秦观，她的评价也并不高，用词苛刻。身为女子，评价当世词人，必然会被人嘲讽和责难，但她并不在乎。

元丰七年（1084），李清照出生于山东济南。父亲李格非是神宗熙宁年间进士，为苏轼学生，与廖正一、李禧、董荣并称"苏门后四学士"。

李清照天生聪慧无比。家里藏书丰富，她很小就开始读书了。年岁渐长，她对经史子集、逸闻趣事都有浓厚的兴趣。十几岁的时候，她已开始填词写诗。对她来说，烟雨斜阳、清风明月，是一生的知己。

某个雨夜，她饮了些酒，沉沉入睡。醒来的时候，忙问卷帘之人，园中海棠花是否安然无恙，得到的回答是：海棠依旧。然而，她心里清楚，风雨之后，海棠花定然凋落不少。

昨夜雨疏风骤，浓睡不消残酒。
试问卷帘人，却道海棠依旧。
知否？知否？应是绿肥红瘦。

人们说，少女情怀总是诗。
豆蔻年华的李清照，满眼尽是烟雨霏霏。
后来，她随父亲来到了汴京。不过，与繁华相比，她更喜欢清淡素雅。她喜欢徜徉于自然，行到水穷，坐看云起。秋日，她在侍女的陪同下漫步郊野，天高云淡，心旷神怡。回去后，她作了首《怨王孙》：

湖上风来波浩渺，秋已暮、红稀少。水光山色与人亲，说不尽、无穷好。

莲子已成荷叶老，清露洗、蘋花汀草。眠沙鸥鹭不回头，似应恨、人归早。

那日，山水宜人，鸥鹭闲适。

湖水与才女倾情相对，不知道谁是谁的风景。

情窦初开的李清照，希望成为某个人眼中的风景。她想象，他该是个风度翩翩的才子，从远方赶来，只为赴一场遥远的约定。那时候，她写过一首《浣溪沙》：

绣面芙蓉一笑开，斜偎宝鸭衬香腮。眼波才动被人猜。

一面风情深有韵，半笺娇恨寄幽怀。月移花影约重来。

她在自己的闺房里，暗暗地憧憬着。

于她，爱情如平湖秋月，亦如小径斜阳。

词中的少女，几分懵懂，几分羞涩。她想象着爱情的美好，忍不住欢喜，笑得灿烂，如出水芙蓉。但她，又怕被人猜出心事，欢喜中不无忐忑。漫长的想象后，她心中莫名地有了埋怨。似乎，是在抱怨那人迟迟不来。

年少时，每个人都会憧憬。我们总会想象，那个命中注定的人，会跨越山水而来，一路风尘仆仆。我们也会想象，爱情美丽如诗，陌上相逢的两个人，能将寻常的日子过成细雨湿衣、闲花落地的模样。

然而，想象终究只是想象。

真实的生活，有相聚就有别离，有欢喜就有悲伤。

后来，我们终于明白，许多相逢注定以人各天涯为结局。

终究，我们敌不过世事无常。

2

人们说，相逢如歌。

可是，我们都知道，是歌便有抑扬顿挫。

而且，每一首歌都有结尾。

那个我们无法预知的结尾，许是白首斜阳下，许是天涯两不知。尽管如此，我们仍会渴盼相逢。哪怕只是刹那的欢喜，也是值得的。所有的故事都有结尾，我们想要的，就是那个过程。就像旅行，最重要的是沿途的风景。

对李清照来说，遇见赵明诚是人生幸事。

自然，对赵明诚来说，被才女李清照垂青，更是幸事。

于他们，相逢是一场绚烂花事。

某个春日，汴京城里，他们蓦然相遇，从此两不相忘。相逢之后，李清照变得沉默了许多，但欢喜难以掩饰。赵明诚亦是相似的状态。他已在心底，为李清照留出了无人可以取代的位置。

一日清晨，赵明诚告诉父母，他在梦里遇见一位白发先生，送给他一本书。醒来后,他只记得书中的三句:"言与司合,安上已脱,芝芙草拔。"这其实是字谜,谜底为"词女之夫"。这就是赵明诚的愿望,他只是杜撰了一个梦,借此将心事告诉父母。当时在汴京,李清照才女之名已为人所熟知。因此,所谓词女,只能是她。

不久之后,两家人商讨了赵明诚和李清照的婚事,因为门当户对,婚事很快就被定了下来。一日,赵明诚前往李格非家拜访,李清照刚蹴罢秋千,在门后偷看,既谨慎又慌乱。那晚,她作了首《点绛唇》:

蹴罢秋千,起来慵整纤纤手。露浓花瘦,薄汗轻衣透。
见客入来,袜刬金钗溜。和羞走,倚门回首,却把青梅嗅。

见到意中人,她心花怒放。
带着羞怯离开,忍不住再次回眸。
但她怕被人猜透心情,假意嗅了嗅青梅。

再次如此羞涩,已是红烛之下,喜结连理之时。那日,他们完成了人生最重要的仪式,成了夫妻。从此,他们不必两处相思;从此,花前月下,俪影成双。

赵明诚喜欢金石字画,李清照便尽力帮他收集。遇到中意的字画,他们会不惜重金买下来,回到家里,于灯下一起赏玩。李清照喜欢诗词歌赋,赵明诚虽才华不及她,却也喜欢在她的词句里感受她的悲喜。

新婚宴尔,李清照曾写过一首《采桑子》:

> 晚来一阵风兼雨，洗尽炎光。
> 理罢笙簧，却对菱花淡淡妆。
> 绛绡缕薄冰肌莹，雪腻酥香。
> 笑语檀郎，今夜纱橱枕簟凉。

檀郎指潘岳，他是个美男子，小字檀奴。在李清照眼中，赵明诚就如潘岳，风神俊逸，一身潇洒。抚琴后，她略施粉黛。薄薄的衣衫，雪肤若隐若现。她浅笑着说："今夜的竹席真凉。"分明别有所指。这样的词，定会被道学先生视为淫词浪语。但是，率性天真的李清照不管世人指摘。

一个清晨，李清照漫步小巷，闻卖花郎吆喝，便循声走了过去。她买了一枝梅花，回家后左看右看，甚是喜欢。或许是因为爱得热烈，所以有些患得患失。她担心，赵明诚会认为梅花比她更美。越是这么想，她越想知道答案。于是，她将梅花插在发间，偏要赵明诚说，到底是花美还是人俏。

> 卖花担上，买得一枝春欲放。
> 泪染轻匀，犹带彤霞晓露痕。
> 怕郎猜道，奴面不如花面好。
> 云鬓斜簪，徒要教郎比并看。

他们的生活，简单而又充满诗意。
她是明丽的红颜，他是温雅的书生。
细水长流的日子里，他们始终伴着彼此。

对李清照来说，最快乐的时光莫过于屏居青州的那些年。那时候，李清照将居室命名为易安室，将书房命名为归来堂。从此，她成了人们熟悉的易安居士。

三毛说，书是非常优雅美丽的东西，用它来装饰房间，再合适不过。李清照和赵明诚都是嗜书之人，在青州，他们的大部分时间都在读书。而且，他们读书，别有一番情趣。

李清照在《金石录后序》中记载，他们常在饭后烹茶读书，兴致上来，就玩赌书斗茶的游戏。规则是：轮流说出某段诗文或某个典故，由对方猜出自何书，第几卷第几页第几行，以猜中与否决定饮茶先后。往往会因为笑得前仰后合，打翻茶盏，将茶泼在身上。对他们来说，这无疑是乐事一桩。

只是，写这段文字的时候，赵明诚已不在人世。

可以肯定，写着写着，她已泪眼迷离。

五百多年后，纳兰妻子离世，忆起往事，纳兰在那首著名的《浣溪沙》中写道："被酒莫惊春睡重，赌书消得泼茶香。当时只道是寻常。"当时只道是寻常，是他的悲伤，也是李清照的。

读书之余，李清照与赵明诚共同忙于金石事业。赵明诚做了书橱，专门安置书画古籍。买到中意的字画，他们在赏玩之余，也经常修补残缺破损之处。

有时候，他们也会携手流连于山水之间。

尽兴之后，他们往往会在黄昏时分悠然归去。

后来，赵明诚去莱州等地任职，李清照独自生活，甚是孤独。

她写了许多首思念赵明诚的词，比如这首《一剪梅》：

红藕香残玉簟秋,轻解罗裳,独上兰舟。云中谁寄锦书来,雁字回时月满西楼。

花自飘零水自流,一种相思,两处闲愁。此情无计可消除,才下眉头,却上心头。

许多日子,因为思念,李清照满心凄凉。

愁绪如丝,剪不断,理还乱。才下眉头,又上心头。

他不在身边,她就走不出憔悴。

李清照还写过一首《醉花阴》:

薄雾浓云愁永昼,瑞脑消金兽。佳节又重阳,玉枕纱厨,半夜凉初透。

东篱把酒黄昏后,有暗香盈袖。莫道不销魂,帘卷西风,人比黄花瘦。

重阳佳节,形单影只。

因为思念在心,日子变得无比漫长。

把酒东篱,人比黄花瘦。

不久后,李清照将这首词寄给了赵明诚。收到词,赵明诚甚是心疼。但他为俗事牵绊,无法立刻回到她身边。其实,他也是日日牵肠挂肚。

李清照的才华,赵明诚自愧弗如。不过,有时候,他还是想要与她比拼一下。他曾经闭门数日,作词几十首,还将李清照"莫道不销魂,帘卷西风,人比黄花瘦"几句夹在某首词中。结果,好友陆德夫玩味一番后,说只有三句最佳。他所说的,正是李清照那三句。

长久的思念后,他们终于重逢了。

对他们来说,有对方的日子就是好日子。

岁月清浅,现世安稳。

3

生活,就像画卷。

可以浓墨重彩,也可以轻描淡写。

只是,我们并非作画之人。画的明暗与浓淡,我们无法决定。

靖康二年(1127),北宋覆亡,赵明诚母亲离世。八月,赵明诚任建康知府。冬天,青州发生兵变,一场大火中,赵明诚与李清照辛苦攒积的书画被焚烧不少。次年初,李清照带着剩余的书籍器物来到建康。

国破家亡,李清照忧心不已。赴建康途中,她看到无数难民流离无助。宋高宗如惊弓之鸟,不敢北上抗金,只想偏安一隅。李清照在诗中写道:"南来尚怯吴江冷,北狩应悲易水寒",极具讽刺之意。家国破败,百姓罹难,李清照难寻旧日闲散心情。落雪之后,她作了首《临江仙》:

庭院深深深几许,云窗雾阁常扃。柳梢梅萼渐分明。春归秣陵树,人老建康城。

感月吟风多少事,如今老去无成。谁怜憔悴更凋零。试灯无意

> 思，踏雪没心情。

试灯无意思，踏雪没心情。

当时，许多风骨犹存的文人，都是这样的心境。

可惜，朝廷无心收复失地，他们无可奈何。

建炎三年（1129）八月，赵明诚因病离世。对李清照来说，这是一场噩梦。而且，这梦永远没有醒转之时。赵明诚离世，她成了浮萍一叶，漂泊于乱世。

安葬了赵明诚后，李清照也经历了一场大病。病愈之后，她打算将金石字画交给朝廷。为此，她循着高宗的脚步，辗转各地，颠沛流离数月。最后，她来到了杭州。乱世之中，有战火纷飞，有盗贼肆虐。到杭州时，她所携之物已所剩无几。

绍兴二年（1132），孤苦无依的李清照嫁给了张汝舟。她本想寻个栖身之所，后来才知道，张汝舟娶她，是因为觊觎她的金石字画。得知她所携之物甚少后，张汝舟原形毕露，时常对她轻则辱骂，重则拳脚相加。

终于，李清照忍无可忍。她虽然心知，按照当时的法律，状告丈夫要被判入狱两年，她还是告发了张汝舟。后经审查，张汝舟还有营私舞弊等罪行，被发配柳州。而李清照，入狱后经亲友多方营救，九日后获释。

命运多舛，她却活出了风骨。

朝廷软弱，不敢北上，她为之羞愧。

带着悲愤，她作了首《题八咏楼》：

千古风流八咏楼，江山留与后人愁。
水通南国三千里，气压江城十四州。

她只是个纤弱的女子。

但她的气魄，足以让无数须眉羞赧。

不管怎样，李清照仍在填词。只不过，从前的词明丽秀逸，此时的词萧瑟低沉。初春时节，寒意袭人。独立梅花之下，她忆起了当年与赵明诚饮酒赏梅的情景。蓦然间，心情黯然。一首《御街行》，满纸落寞：

藤床纸帐朝眠起。说不尽、无佳思。沉香烟断玉炉寒，伴我情怀如水。笛声三弄，梅心惊破，多少春情意。

小风疏雨潇潇地。又催下、千行泪。吹箫人去玉楼空，肠断有谁同倚。一枝折得，人间天上，没个人堪寄。

折一枝梅花，却不知寄往何处。

从前，思念是荒凉，此时已是断肠滋味。

暮年，李清照定居杭州。一个人的日子，散淡中有孤独，寂静中有凄凉。想起北方故乡，她在词中说："故乡何处是，忘了除非醉。"那是她回不去的地方。事实上，不仅是她，许多人都是。一个朝廷零落异乡，一百多年再无归期，人们也只能随之漂泊。

秋天，李清照仍在填词。

半窗残月，沉默地看着她斑白的鬓发。

病起萧萧两鬓华，卧看残月上窗纱。豆蔻连梢煎熟水，莫分茶。

枕上诗书闲处好，门前风景雨来佳。终日向人多酝藉，木犀花。

习惯了孤独，她过得不悲不喜。

那时候，陪着她的只有岁月和文字。

幸好有文字，她可以将悲凉与孤寂安放其中。

寻寻觅觅，冷冷清清，凄凄惨惨戚戚。乍暖还寒时候，最难将息。三杯两盏淡酒，怎敌他、晚来风急。雁过也，正伤心，却是旧时相识。

满地黄花堆积，憔悴损、如今有谁堪摘。守着窗儿，独自怎生得黑？梧桐更兼细雨，到黄昏、点点滴滴。这次第，怎一个愁字了得。

梧桐细雨，滴碎了陈年旧事。

不知不觉，她已在江南度过了二十余年。

西风四起，雁过长天。她沉默不语。

绍兴二十五年（1155），李清照凄然离世。明媚与黯淡，尽数画上了句号。离开的时候，往事已如风影。依稀之间，女子躲在门后，看着心爱的男子，满心欢喜；依稀之间，倾心相爱的两个人赌书泼茶，笑得灿烂。

最后，西风关上了门。

从来处来，到去处去。她走得了无踪迹。

却又仿佛，仍在那里寻寻觅觅。

题 记

深渊体验：王昌龄回望"秦时明月"，黄庭坚聆听"江湖夜雨"，他们皆躲不过苦难的追逐，谁的人生如此多艰？

第十六回合

王昌龄 PK 黄庭坚

泥里生活，云里写诗

王昌龄
秦时明月汉时关，万里长征人未还

1

一场人生，终是一场空。

人生中的悲欢离合，皆如镜花水月。

但我们都希望人生能过得丰盈，不留遗憾。

我以为，人生固然是空手而来，又空手而去，但我们可以选择如何活着。活在人间，可以追名逐利，也可以临山近水；可以纵横驰骋，也可以吟风弄月。以自己喜欢的方式，见你所见、爱你所爱，最终无怨无悔地离开，便可算作丰盈的人生。对诗人来说，即使他一生失意，仅有诗篇照耀千秋岁月，他的人生也已足够丰盛。李白如此，杜甫如此，王昌龄亦如此。

王昌龄擅长七绝，有"七绝圣手"之称，又被称作诗家天子。一首《出塞》可谓冠绝大唐。或许，仅此一首诗，就足以让他名留青史。我想，世间之人，只要能尽情绽放一次，哪怕只是瞬间，便可不留遗憾。读王昌龄的边塞诗，总会在荒凉中热血沸腾。

烽火城西百尺楼，黄昏独上海风秋。
更吹羌笛关山月，无那金闺万里愁。

琵琶起舞换新声，总是关山旧别情。
撩乱边愁听不尽，高高秋月照长城。

关城榆叶早疏黄，日暮云沙古战场。
表请回军掩尘骨，莫教兵士哭龙荒。

胡瓶落膊紫薄汗，碎叶城西秋月团。
明敕星驰封宝剑，辞君一夜取楼兰。

塞外，是风沙、羌笛、万里苍茫；塞外，是孤城、落日、秋风萧瑟。当然，塞外还有战马嘶鸣、刀剑饮血。身在塞外，能感受到的是无边无际的凄凉。那样的凄凉，与古道西风瘦马的孤独截然不同，那是生命凋零于无声的大凄凉和大悲伤。

不过，王昌龄的笔下并非只有凄凉。

他的笔下，也有温柔。他是个丰富的人。

王昌龄笔下有一首《采莲曲》：

荷叶罗裙一色裁，芙蓉向脸两边开。
乱入池中看不见，闻歌始觉有人来。

采莲少女的身影掩映在莲叶之间，人面如花。她婀娜的身影与荷花、荷叶合而为一，让人忘记那里有人，只有听到歌声才蓦然间想起，那里有个女子。

那样的画面，像是李白笔下采莲的西施："镜湖三百里，菡萏发荷花。五月西施采，人看隘若耶。回舟不待月，归去越王家。"又像是醉意朦胧的李清照，乘舟误入藕花深处。

这首诗写于王昌龄被贬龙标尉时。据说，在龙标时，王昌龄与一女子邂逅，那女子面容姣好，身姿娬媚，王昌龄不禁有了爱慕之意。或许，这首诗所写，正是二人初见之日的情景。

我们不知道，他们的故事后来如何发展，但我们知道，初见的画面很美。世间的许多事情，往往是初见时最美，后来历经时光磨洗，渐渐失去了光彩。可一切都不能停留在初见之时，所以才有那么多遗憾。

王昌龄还写过一首《闺怨》：

闺中少妇不曾愁，春日凝妆上翠楼。
忽见陌头杨柳色，悔教夫婿觅封侯。

跃马疆场，建功立业，这是古代无数男子的梦想，正如岑参诗中所写："功名只向马上取，真是英雄一丈夫。"当男子去了边疆，妻子便只能独守寂寞。

诗中的女子，看似不悲不喜，化好了妆走上翠楼。然而，当她看到杨柳，看到满城春色，忍不住忆起了从前。那时候，丈夫牵着她走在陌上，无比甜蜜。而此时，同样的春和景明，却只有孤独的自己，丈夫杳无音信。那样的春天，是寂寥的，也是荒凉的。

王昌龄也写过宫人词，比如那首《长信秋词》：

奉帚平明金殿开，暂将团扇共裴回。
玉颜不及寒鸦色，犹带昭阳日影来。

长信为汉代宫名。据《汉书·外戚传》载，班婕妤才华横溢，因此被召入宫，却被赵飞燕妒忌，难受皇帝恩宠，于是只好自求于长信宫供奉太后，后来便有了长信怨词。

元稹诗云："寥落古行宫，宫花寂寞红。白头宫女在，闲坐说玄宗。"张祜在《赠内人》中写道："禁门宫树月痕过，媚眼唯看宿燕窠。斜拔玉钗灯影畔，剔开红焰救飞蛾。"这里的内人是指宫女。

古代的女子，被征入宫后，有的后来身份显贵，有的从青丝等到白头，始终是个身份低贱的宫女。王昌龄诗中的这位宫女，职责是打扫，闲暇时便手执团扇无聊地徘徊。在她空寂的内心中，自己甚至不如殿上飞过的寒鸦。

王昌龄往往是这样，遥想着跃马关山，在西风萧瑟的地方感叹，转眼之间，他又在市井酒馆饮酒，或者在小巷茅庐沉思，为憔悴孤独的女子写诗。他是位真正的诗人。

2

仗剑行走，大步流星，这就是王昌龄。
但有时候，他又会将笔触伸向寂寞女子那里。
他的笔下，有美人如玉，也有剑气如虹。

武则天圣历元年（698），王昌龄出生于山西太原。年少时，他喜读诗书，有匡世济民的愿望。开元初年，他曾在嵩山访道寻仙。二十九岁时，他离开家乡，西出玉门关，在塞北游历很久。塞北所见之物事，为他的生命注入了厚重与辽阔。那时候，他作了多首边塞诗，最为人所称道的是那首《出塞》：

秦时明月汉时关，万里长征人未还。
但使龙城飞将在，不教胡马度阴山。

所有有良知的诗人，都希望战火平息，战士平安归来。但真实的情况是，即使是最鼎盛时期的大唐，边境也常有战事。王昌龄说，倘若有李广那样的名将驻守边关，外敌便无法越过阴山，进犯大唐。王昌龄的《从军行·其四》也是脍炙人口之作：

青海长云暗雪山，孤城遥望玉门关。
黄沙百战穿金甲，不破楼兰终不还。

一千多年后，徐锡麟写过一首《出塞》："军歌应唱大刀环，誓灭胡奴出玉关。只解沙场为国死，何须马革裹尸还。"沙场征战，历来是九死一生。但是为了保卫疆土，将士们从来都是一片丹心，即使殒身疆场，马革裹尸，也无怨无悔。

有感于此，王昌龄作了这首《从军行》。自然，他希望战争停歇，世道太平。他在那首《塞下曲》中写道："黄尘足今古，白骨乱蓬蒿。"正所谓一将功成万骨枯，很显然，他是含着泪写的。

从塞北归来后,王昌龄曾在陕西蓝田隐居。不过,他并不是真的隐居,而是暂居于此,刻苦读书。他有建功立业之心,不会如陶渊明那样,隐退山野。那年,与从弟赏月之时,他忆起了好友崔国辅,王昌龄作了首《同从弟销南斋玩月忆山阴崔少府》:

高卧南斋时,开帷月初吐。
清辉淡水木,演漾在窗户。
冉冉几盈虚,澄澄变今古。
美人清江畔,是夜越吟苦。
千里其如何,微风吹兰杜。

开元十五年(727),王昌龄进士及第。数年后,他又参加博学宏词科考试,顺利登第。然而,他的职位始终是校书郎、汜水县尉这样的微末小官。不仅如此,因为性格豪爽,不拘小节,王昌龄得罪了权臣,于开元二十七年(739)被贬至岭南。

在被贬路上,他与李白邂逅,旋即成了好友,同游多日,纵情诗酒,甚是快意。一年后,王昌龄获释北归。途经襄阳,彼时孟浩然患毒疮,两人纵酒吃海鲜,结果孟浩然疾发而逝,王昌龄无比心痛。

开元二十八年(740),王昌龄被任命为江宁县丞。从他进士及第到此时已过去了十三年,但他仍只是个县丞。对此,王昌龄颇感无奈和愤懑。失意之余,他开始借酒浇愁,过着放浪形骸的生活。不久后,人们开始指摘他的生活,说他轻浮,说他狂荡,如此等等。在送别好友辛渐时,王昌龄作了首《芙蓉楼送辛渐》,算是自我澄清:

寒雨连江夜入吴，平明送客楚山孤。

洛阳亲友如相问，一片冰心在玉壶。

在江宁县丞任上，王昌龄仍如从前。

狂放不羁，不拘小节，这是他从未改变的性格。

因此，他在江宁县丞任上待了八年。八年以后，他又因事获罪，被贬至龙标（今湖南洪江市）。有的人是身处高位被贬，王昌龄本就身在低位还屡次被贬，算得上命运多舛。在龙标，他又度过了七八年。可以想见，在那个偏远贫瘠的地方，他是如何度日的。

安史之乱中，王昌龄离开龙标，乘舟返乡。但是很可惜，他没能回到故里。他并非死于刀兵之祸，而是死于同僚之手。乱世之中，有人浑水摸鱼，也有人趁机作恶。唐肃宗至德初年（756），王昌龄经过安徽濠州。刺史闾丘晓对他早有忌恨之心，于是秘密地杀害了他。

不过，闾丘晓的结局也很惨。那年秋天，河南节度使张镐派闾丘晓前去解宋州之围，闾丘晓贻误战机，宋州陷入叛军之手。结果，闾丘晓被张镐处死。据说，临刑前，闾丘晓曾以家中有年迈双亲为由向张镐求情，张镐冷冷地问他："王昌龄的父母，又由谁来奉养？"闾丘晓无言以对。

想那闾丘晓，也是才华不凡之人，写过一首《夜渡江》：

舟人自相报，落日下芳潭。

夜火连淮市，春风满客帆。

水穷沧海畔，路尽小山南。

> 且喜乡园近,言荣意未甘。

这首诗,可谓清新淡雅,意味深长。然而,就是写出这首诗的那个人,因忌恨杀害了王昌龄。人心之难测、官场之险恶,由此可见一斑。毕竟,对当时的许多人来说,诗人只是他们的一个身份。脱下诗人的外衣,走入官场,许多人性格里的阴暗面就会暴露无遗。

幸好,历史是一面镜子。

忠奸善恶,好坏清浊,都照得清清楚楚。

世间的一切,只有岁月了如指掌。

3

王昌龄是个率真的人。

可以说,行遍天下,他都不缺朋友。

盛唐的诗人里,李白、王维、孟浩然、王之涣、高适、岑参等,都是王昌龄的好友。每次相见,他都会与朋友们临风把酒,谈古论今。临别,他们总是以诗相赠。大唐岁月里,一切都是诗的模样,比如悲伤,比如离恨。王昌龄的送别诗,读来感觉温暖:

> 莫道秋江离别难,舟船明日是长安。
> 吴姬缓舞留君醉,随意青枫白露寒。

> 流水通波接武冈,送君不觉有离伤。
> 青山一道同云雨,明月何曾是两乡。

在古代，交通不便，一别便是关山迢递，音书渺茫。因此，离别的时候，总有很多仪式，比如折柳相赠，比如长亭相送。也只有在古代，人们才能体会"见字如面"的含义。读着朋友的赠诗，就仿佛相对而坐，共话人生。

王昌龄是位豁达的诗人。面对离别，他虽有感伤，却不曾凄凄切切。他说"明月何曾是两乡"，分明便是"天涯共此时"。山长水阔，但共对一轮明月，就仿佛近在咫尺。

或许可以说，对诗人来说，明月是永远的故乡。

只要月亮在，诗人就有归途。

那年，王昌龄被贬岭南，孟浩然作了首《送王昌龄之岭南》：

洞庭去远近，枫叶早惊秋。岘首羊公爱，长沙贾谊愁。
土毛无缟纻，乡味有槎头。已抱沉痼疾，更贻魑魅忧。
数年同笔砚，兹夕间衾裯。意气今何在，相思望斗牛。

李白也是王昌龄的好友。

无论对谁来说，与李白交往都是一件幸福的事。李白生性豪迈，又出手阔绰，从不吝惜钱财，对朋友极其慷慨。王昌龄与李白多次相聚，每次都无比畅快。他们可以游山玩水，纵情于山水田园，也可以把酒临风，纵论今古。同样旷达的性格，相处起来甚是轻松。在巴陵，王昌龄为李白送行，作有《巴陵送李十二》：

摇曳巴陵洲渚分，清江传语便风闻。
山长不见秋城色，日暮蒹葭空水云。

后来，王昌龄被贬龙标。

李白闻讯，写了首《闻王昌龄左迁龙标遥有此寄》：

杨花落尽子规啼，闻道龙标过五溪。
我寄愁心与明月，随君直到夜郎西。

对他们来说，明月是家园，亦是信使。暮春时节，杨花落尽，杜鹃啼血。此时被贬僻地，王昌龄的心境定是无比晦暗的。那时，李白并不在他身边，所以他只好遥寄一首诗安慰好友。他希望，月亮能知他的心意，将他的安慰和同情带给好友。

在我看来，诗人们的音书传递，都算得上佳话。

在唐代，有一段关于王昌龄的逸事，叫作"旗亭画壁"。旗亭即酒楼。这段故事发生在王昌龄与其好友高适以及王之涣之间，在开元二十四年（736）前后。

那日，寒风瑟瑟，飞雪连天。王昌龄与高适和王之涣到一家酒楼围炉小酌。微醺之际，见十余梨园女子入酒楼饮宴。反正闲来无事，三位诗人便饮着酒看表演。当时，许多诗人的诗经谱曲后，被歌伎或者梨园子弟传唱。王昌龄等三人已是声名远播的诗人，见梨园女子演唱歌曲，便有意比拼一下，看谁的诗被谱曲成歌最多。

只见一位伶人唱道："寒雨连江夜入吴，平明送客楚山孤。洛阳亲友如相问，一片冰心在玉壶。"王昌龄颇为得意，在墙壁上画了一道。紧接着，另一位伶人唱道："开箧泪沾臆，见君前日书。夜台何寂寞，独是子云居。"这是高适的五绝，高适在墙壁上画了一道。其后，第三位伶人唱了王昌龄那首《长信秋词》，王昌龄又在墙上画了一道。

三个歌女都没有唱到王之涣的诗,他有些失落。但他并不想就此认输,指着歌伎中一个清秀明丽的女子说:"前几个尽是庸脂俗粉,唱的也是不入流的歌曲,如果那位女子唱的不是我的诗,我就甘拜下风。"结果,那位歌伎唱的正是他那首《凉州词》:"黄河远上白云间,一片孤城万仞山。羌笛何须怨杨柳,春风不度玉门关。"三人大笑。

众人不明就里,便走过来询问。得知缘由后,众人邀请王昌龄等三人前去欢宴。三人也没有推辞,径直走到了他们的席间,尽兴而归。属于大唐的情节就是如此,有诗,有酒,有美人如玉。那样的画面,太让人神往。

王昌龄的人生,似乎总在贬谪中。

尽管如此,他从未放下诗,也从未放下酒杯。

旷野饶悲风,飕飕黄蒿草。系马倚白杨,谁知我怀抱。
所是同袍者,相逢尽衰老。北登汉家陵,南望长安道。
下有枯树根,上有鼯鼠窠。高皇子孙尽,千载无人过。
宝玉频发掘,精灵其奈何。人生须达命,有酒且长歌。

人生之中,处处皆有风景。

同时,人生中又处处都免不了荒凉。

曹操在《短歌行》中写道:"对酒当歌,人生几何!譬如朝露,去日苦多。慨当以慷,忧思难忘。何以解忧?惟有杜康。"其实,悲伤寥落、恩怨是非,都可以放在一杯酒里,一饮而下。大唐的诗人们便是如此。与之相比,千年后的酒,只是酒而已。

黄庭坚
桃李春风一杯酒,江湖夜雨十年灯

1

他是个十足的文人。

与苏轼相似,他活得磊落从容。

他便是黄庭坚,字鲁直,号山谷道人。

黄庭坚是"苏门四学士"之一,是个文人,诗词俱佳,为江西诗派的开山祖师;同时,他也是个书法家,与苏轼、米芾、蔡襄并称"宋四家"。他生性乐观,仕途偃蹇,多次被贬,仍旧是一副恬淡达观的模样。在"苏门四学士"中,他最像苏轼。

他的一生,始终在填词写诗。对他来说,文字是最好的寄身之所。无论境遇如何,他都可以将自己交给文字,在诗词中安坐篱下。他有一首著名的《水调歌头·游览》:

> 瑶草一何碧,春入武陵溪。溪上桃花无数,枝上有黄鹂。我欲穿花寻路,直入白云深处,浩气展虹霓。只恐花深里,红露湿人衣。

> 坐玉石，倚玉枕，拂金徽。谪仙何处？无人伴我白螺杯。我为灵芝仙草，不为绛唇丹脸，长啸亦何为？醉舞下山去，明月逐人归。

桃花灼灼，溪水潺潺。

在这样的景物里，他恍如身在桃花源。

白云深处，坐玉石，倚玉枕，寂静弹琴。看山去，他早已远离尘嚣，身在仙宫。唯一遗憾的是，不能与谪仙人李太白对酌几杯。此时此景，他也像多年前的孙登那样仰天长啸。然后，披着月光悠然归去。这首词，旷达之中，尽是仙气。

黄庭坚是个书痴。他说"常思天下无双祖，得读人间未见书"。对他来说，一日不读书，尘生其中；两日不读书，言语乏味；三日不读书，面目可憎。我想，所有嗜书的人，心中都有一个别样的世界。

他是著名的孝子，为《二十四孝》中"涤亲溺器"的主人公。他虽身为朝廷命官，却非常懂得孝道，每晚为母亲洗涤便器，十年如一日。有人说，他的做法有损朝廷颜面。黄庭坚则认为，孝敬母亲是天经地义之事，无论地位高低皆会如此。

屡遭贬谪，黄庭坚始终清正傲岸。他曾参与编修《神宗实录》。绍圣年间，新党执政，他们在《神宗实录》中找出许多内容，诬陷黄庭坚蔑视神宗。不过，不管他们用何种手段，黄庭坚坚决不承认，一身正气。倔强的他，受到了政敌的无情打击，先是被贬涪州、黔州、戎州等地，后又被革职，下放至宜州，最后死于贬所。

一生光明，风骨独具。

他是山谷道人，活得清白，可以笑傲天下。

活在人间，就该是这般模样。

我们的一生，都在与生活、与岁月对垒。但是最终，我们不得不与生活握手言和，与岁月把酒言欢。真正的英雄，不是战胜生活，而是懂得与生活、与自己和解，做到恬淡而生，从容而死。

认识黄庭坚，还得从他的文字开始。

一首《清平乐》，写得清丽婉约，又不落窠臼。

春归何处？寂寞无行路。若有人知春去处，唤取归来同住。

春无踪迹谁知？除非问取黄鹂。百啭无人能解，因风飞过蔷薇。

春归无处，旷达的黄庭坚也忍不住感伤。

他说，若有人知道春天去了何处，请将其唤回来同住。然而，无人知晓。春去无痕，像是离人去了他乡，从此杳无音信。但词人仍不死心，想要问常与春天相伴的黄鹂。很遗憾，黄鹂借着风势飞过了蔷薇。夏天已至，春天到底是去远了。

喜欢黄庭坚那首《鄂州南楼书事》：

四顾山光接水光，凭栏十里芰荷香。

清风明月无人管，并作南楼一味凉。

苏轼说，江山风月本无常主，闲者便是主人。

抛开俗事，世间有许多事物值得流连和玩味。比如清风明月，比如高山流水。可惜，忙于俗事的人们，陷在繁华和喧闹之中，难得清闲。

周国平说:"世上有味之事,包括诗、酒、哲学、爱情,往往无用。吟无用之诗,醉无用之酒,读无用之书,钟无用之情,终于成一无用之人,却因此活得有滋有味。"周作人说,得半日之闲,抵十年的尘梦。然而,能够偷得闲暇,与山水为邻,与风月诗酒为伴的人,终是寥寥无几。

元符二年(1099)深秋,黄庭坚在戎州贬所。

一日,他与眉山隐者史应之把酒酬唱,作了首《鹧鸪天》:

黄菊枝头破小寒。人生莫放酒杯干。风前横笛斜吹雨,醉里簪花倒著冠。

身健在,且加餐,舞裙歌板尽情欢。黄花白发相牵挽,付与傍人冷眼看。

有时候,黄庭坚像个魏晋狂士。

词中的"倒著冠"指倒戴着帽子,该句出自西晋山简典故。山简为"竹林七贤"之一山涛幼子,性情狂放。据《世说新语·任诞》载,当时天下板荡,世风浇漓,山简却活得很是闲适。他每次出门游赏,都会前往习家池上饮宴,每次都会酩酊大醉,倒著冠而归。为此,人们编了首歌:"山公时一醉,径造高阳池。日莫倒载归,酩酊无所知。复能乘骏马,倒著白接篱。举手问葛强,何如并州儿?"

写这首词的时候,黄庭坚已五十五岁,不改疏狂。饮醉之后,他也学着山简的模样,发间插花,倒戴着帽子,不屑世人评说。

据陆游《老学庵笔记》记载,黄庭坚暮年住在宜州一间破旧小楼上。一个秋日,雨后微热,黄庭坚喝了几杯酒,带着几分醉意坐在床上，将脚从栏杆之间伸到窗外淋雨，说平生不曾如此快意。看起来，他分明就是"一蓑烟雨任平生"的苏东坡。

活到最后，他仍是恬淡的模样。

因为恬淡，世间悲欢离合，皆可微笑面对。

如此，生死也都是小事。

2

一生，如一首长诗。

没有韵脚，只有随处可见的平平仄仄。

我们就在这平仄之间，或悲或喜。

黄庭坚自幼聪颖过人，喜欢读书，而且过目不忘。五岁时，他已通读五经。老师告诉他，六经中的《春秋》不值得一读，他认为既然称为经，便可以读。十日后，他已能背诵《春秋》。世传七岁时，黄庭坚作了首《牧童》：

骑牛远远过前村，吹笛风斜隔岸闻。

多少长安名利客，机关用尽不如君。

天下熙熙攘攘，无不为名利二字。有的人，一生也不能看透名利之事，而七岁的黄庭坚却说，追名逐利之徒不如骑牛吹笛的牧童活得自在，悟性惊人。

黄庭坚的母亲为北宋藏书家李常的姐姐。黄庭坚的父亲去世后，母亲将黄庭坚送往淮南舅舅处。此后数年，黄庭坚在李常身边，博览群书，学业可谓一日千里。通过李常引荐，黄庭坚还结识了诗人孙觉。后来，孙觉将女儿孙兰溪许配给了黄庭坚。

治平元年（1064），黄庭坚参加科考落榜。三年后，他再战科场，成功登第，步入仕途。最初，他任叶县县尉四年。到任之后，他便作了首《初至叶县》。他在诗中写道："千年往事如飞鸟，一日倾愁对夕阳。"

在地方任职，他是百姓的父母官，急黎民之急，想黎民之想。为官一任，造福一方，是他的为官宗旨。当时，河北发生地震，震后又遭遇洪涝灾害，大批难民拥入叶县。黄庭坚尽力赈济灾民，还作了首《流民叹》记述百姓流离失所的惨状。

从熙宁五年（1072）开始，黄庭坚在北京大名府担任国子监教授八年。其后，他被任命为太和（今属江西）县令。在那里，他惩治贪腐，体察民情，被百姓称作"黄青天"。公事之余，他也常登山临水，饮酒赋诗。太和东澄江上有座快阁，是黄庭坚常去之处。在那里，他写过一首《登快阁》：

痴儿了却公家事，快阁东西倚晚晴。
落木千山天远大，澄江一道月分明。
朱弦已为佳人绝，青眼聊因美酒横。
万里归船弄长笛，此心吾与白鸥盟。

据《列子·黄帝篇》载，海边有人与鸥鸟相近，两不相疑。某日，那人的父亲让他将海鸥捉住。待他再去海边，海鸥已不敢靠近。后来，诗词中常以海鸥表现隐逸的闲适。王维在《积雨辋川庄作》中写道："野老与人争席罢，海鸥何事更相疑。"辛弃疾在《水调歌头》中写道："富贵非吾事，归与白鸥盟。"

有时候，黄庭坚也会产生归隐之念。

毕竟，官场乃是非之地，身在其中难得自在。

元丰七年（1084），黄庭坚莫名被降职为德平镇镇监，负责管理集市、督查治安等。在德平，他身份低微，难有作为。因此，闲暇之余，他总在流连诗酒。惦念朋友的时候，他作了那首著名的《寄黄几复》：

我居北海君南海，寄雁传书谢不能。
桃李春风一杯酒，江湖夜雨十年灯。
持家但有四立壁，治病不蕲三折肱。
想得读书头已白，隔溪猿哭瘴溪藤。

曾经，他们携手花间，把酒高歌。

后来，各自天涯，夜雨江湖，他只有自己。

果然如欧阳修所言：聚散苦匆匆，此恨无穷。

元丰八年（1085），黄庭坚被召入京，任秘书省校书郎。次年，经司马光引荐，他负责校对《资治通鉴》。不久后，他又被任命为《神宗实录》检讨官。其后，他先后任集贤校理、起居舍人、秘书丞等职。

到此，黄庭坚的仕途还算顺遂。不过，这样的顺遂很快就结束了。哲宗亲政后，新党章惇等人执政，旧党成员多数被贬。苏轼先被贬惠州，后又被贬儋州。而黄庭坚，被弹劾《神宗实录》中有诬蔑神宗的内容，被贬为涪州别驾，安置黔州（今重庆彭水）。其后，他又被贬至戎州（今四川宜宾）。崇宁二年（1103）深冬，他因谤国之罪被革职，羁管于宜州（今广西宜州区）。

突然间，风雨飘零，岁月凄迷。

经历过人生，才会明白何为世事无常。

所有的顺遂中都藏着坎坷，所有的清朗中都暗含阴雨。

我们只能学着坦然面对，与生活讲和。

被贬僻地，秦观黯然叹息，黄庭坚却是笑对人生。他始终相信，只要心头有光，暗夜便不足挂齿。荆棘风雨，他都可以视若等闲。在黔州，他与高使君左藏对酌，写了首《定风波·次高左藏使君韵》：

万里黔中一漏天，屋居终日似乘船。及至重阳天也霁，催醉，鬼门关外蜀江前。

莫笑老翁犹气岸，君看，几人白发上华颠？戏马台前追两谢，驰射，风情犹拍古人肩。

苏轼说："老夫聊发少年狂。"

黄庭坚说："莫笑老翁犹气岸。"一般模样。

阴雨连绵，生活困顿，都不能影响黄庭坚的心情。重阳节，与人江畔痛饮，他又是那位疏狂豪放的诗人了。白发插花，填词作诗，情怀堪比谢瞻与谢灵运。甚至，他也想骑马射箭，纵横八方，这正是苏轼"左牵黄，右擎苍。锦帽貂裘，千骑卷平冈"的延续。

在宜州时，黄庭坚作过一首《虞美人·宜州见梅作》：

天涯也有江南信，梅破知春近。夜阑风细得香迟，不道晓来开遍向南枝。

　　玉台弄粉花应妒，飘到眉心住。平生个里愿杯深，去国十年老尽少年心。

　　这首词作于崇宁三年（1104），黄庭坚时年六十岁。尽管他在词中感叹少年心态已难以寻找，但暮年的他，还有踏雪寻梅的兴致。作这首词的次年九月，他于宜州病故。十二月，元祐党人禁令被废除，黄庭坚被诏令官复原职。那时候，他已离世数月。

　　终于，他结束了坦荡光明的一生。

　　世间纷扰，是非恩怨，与他再无瓜葛。

　　他走得寂静而坦然。

3

　　黄庭坚是苏轼的门生。

　　不过，在苏轼心里，黄庭坚是知己。

　　他们性情相似，惺惺相惜。

　　黄庭坚的岳父为苏轼好友。熙宁五年（1072），苏轼在孙觉家做客，见到一个后辈的诗文，感叹其才华横溢。孙觉借机让苏轼提携黄庭坚，苏轼却说，此人如世间罕见之美玉，无须攀附任何人，自能出人头地。苏轼没有看错。

　　六年后，黄庭坚寄给苏轼两首诗，表达了仰慕之意。苏轼和了两首诗，写信寄给黄庭坚，他们的交往由此开始。此后，他们虽未谋面，却时有唱和。

元丰二年（1079），苏轼因"乌台诗案"入狱，继而被贬至黄州。那时候，许多人对苏轼避而远之。人微言轻的黄庭坚，本可以称自己与苏轼毫无瓜葛，以避免受牵连。但他并没有这样做。相反，他在很多人面前称赞苏轼的文采和人品。

落难之时，最能看出人心。

那时候，还能不离不弃的，才是真朋友。

官场之上，有人见风使舵、朝秦暮楚；有人见利忘义、落井下石。而黄庭坚，虽不曾与苏轼谋面，却是神交已久，因此力挺苏轼，无惧仕途安危。所谓风骨，应是如此。

元祐元年（1086），苏轼在朝廷风生水起。那时候，黄庭坚也在京任职。两个惺惺相惜的文人终于见面。其后数年，他们时常相约，同游同醉，诗酒相酬。那几年，他们的唱和之作多达百首。

苏轼写了首《春菜》，黄庭坚就唱和一首《次韵子瞻春菜》；苏轼写《薄薄酒》，黄庭坚就唱和《薄薄酒二章》；黄庭坚写《食笋十韵》，苏轼就作《和黄鲁直食笋》。对他们来说，诗酒唱和是人生一大乐事。黄庭坚曾送给苏轼一饼双井茶，还附带一首《双井茶送子瞻》：

人间风日不到处，天上玉堂森宝书。
想见东坡旧居士，挥毫百斛泻明珠。
我家江南摘云腴，落硙霏霏雪不如。
为君唤起黄州梦，独载扁舟向五湖。

不久后，苏轼回给黄庭坚一首《鲁直以诗馈双井茶，次韵为谢》，他在诗中写道："明年我欲东南去，画舫何妨宿太湖。"或许，他们曾说过，等待白发苍苍，去到江左，来去于五湖之间。

那时候，苏轼经常举行雅集，邀请一群文人雅士把酒临风，填词作诗。元祐元年，苏轼与米芾、苏辙、李公麟等十六人在英宗驸马王诜的庭园中举行盛大雅集，流连诗酒，倾谈世事。那场雅集上，"苏门四学士"悉数列席。那日的画面，与多年前的兰亭雅集相似，天朗气清，流水潺湲，众人吟诗作画，醉意翩跹。这便是与兰亭雅集以及元代玉山雅集并称为"中国古代三大雅集"的西园雅集。

那日，李公麟乘兴画了《西园雅集图》，米芾为画作记，即《西园雅集图记》。他在文中写道："水石潺湲，风竹相吞，炉烟方袅，草木自馨，人间清旷之乐，不过于此。嗟乎，汹涌于名利之域而不知退者，岂易得此耶！"

杜甫说："丹青不知老将至，富贵于我如浮云。"

山水草木之情，丹青书画之乐，总是让人陶醉。

此中乐趣，醉心名利的人不会明白。

后来，风雨如晦的年月，黄庭坚与苏轼及诸位至交各自零落，也常以诗相寄。再后来，秦观与苏轼相继离世，黄庭坚甚感孤独。路过长沙，黄庭坚偶遇秦观的儿子和女婿，他们正护送秦观的灵柩回乡。见到两位晚辈，豁达的黄庭坚老泪纵横。临别，他赠给秦观的儿子二十两银子作为丧葬之用。

崇宁三年初，黄庭坚在前往宜州的路上经过衡州（今湖南衡阳），拜访了曾巩之侄曾纡。经曾纡引荐，黄庭坚前往花（一说"华"）光寺拜访了仲仁和尚。

仲仁和尚为会稽人。因为寄住于花光寺，他也被称为花光和尚。

他喜欢梅花，梅花盛开之日，他总会坐卧于花间，终日赏玩。他也擅画，尤喜画梅。绍圣三年（1096），秦观路过衡州，也曾前往拜访仲仁和尚，可惜未遇。后来，仲仁和尚见到秦观所留书简，将自己画的墨梅图寄给了秦观，秦观也以诗相赠。

那日，见到黄庭坚，仲仁拿出苏轼和秦观的诗卷，请他欣赏。同时，仲仁还送给黄庭坚一幅梅花图和一幅烟外远山图。忆起苏轼与秦观，黄庭坚甚是感伤。他写了首诗，题为《花光仲仁出秦苏诗卷思两国士不可复见开卷绝叹因花光为我作梅数枝及画烟外远山追少游韵记卷末》。

黄庭坚在诗中写道："何况东坡成古丘，不复龙蛇看挥扫。我向湖南更岭南，系船来近花光老。叹息斯人不可见，喜我未学霜前草。写尽南枝与北枝，更作千峰倚晴昊。"故人已逝，他的心里一片凄凉。

离开时，黄庭坚写了首《题花光画山水》：

花光寺下对云沙，欲把轻舟小钓车。
更看道人烟雨笔，乱峰深处是吾家。

次年，黄庭坚也离开了人世。
但人们记得，他与那东坡居士曾是至交。
芸芸众生之中，他们最是相投。

题 记

　　酒与日子：一个悠闲度日，有酒即醉；另一个风情万种，适时热血。是给日子做减法好，还是把日子填满好？

第十七回合

罗隐 PK 贺铸

今朝有酒今朝醉不醉

罗 隐
今朝有酒今朝醉，明日愁来明日愁

1

他生于晚唐。

他亲眼见证了大唐王朝的覆灭。

罗隐，是位独特的诗人，也曾隐于九华山，悠闲度日。

大唐王朝进入晚唐时期，就像头发花白、步履蹒跚的老者，已是行将就木。生于此时的罗隐，功名难就，悒郁半生。对他来说，文字是寄身之所，亦是极好的武器。他喜欢写诗讥嘲权贵，或者借古讽今。自然，他也喜欢写诗抒发愤懑之情。

罗隐的很多诗，不落窠臼，立意新颖。人们都说"瑞雪兆丰年"，他却写诗说"长安有贫者，为瑞不宜多"。对于王侯贵胄，雪是祥瑞之兆；对于诗人，雪是佳景。但是对于贫苦百姓，若是降雪太多，他们就难免要忍受饥寒之苦。杜甫诗云"朱门酒肉臭，路有冻死骨"，并不夸张。罗隐如那杜子美，也有一副慈悲心肠。可惜，生于晚唐，他的一支笔无法画出广厦千万间，让那些贫寒之人免受苦难。

人们都喜欢赞颂蜜蜂的勤劳，罗隐却写诗说："采得百花成蜜后,为谁辛苦为谁甜。"只因蜜蜂采花酿蜜,却要供人享用。普天之下的贫苦百姓,命运和蜜蜂相似,辛苦一生,却受尽压榨与剥削。罗隐的诗,与"遍身罗绮者,不是养蚕人"有异曲同工之妙。

大和七年(833)正月,罗隐出生于杭州。其祖父曾任县令。罗隐少时聪颖,才思敏捷。长大以后,更是擅长写诗作文,笔锋犀利。乱世之中,他始终心存正气,常为黎民百姓写诗,表达同情之心。

罗隐也有过仕进之心,希望走入官场,为民请命。可惜命运不济,他的科考之路极其坎坷。或许是因为喜欢写诗讽刺权贵,得罪了不少人,从大中十三年(859)开始,罗隐前后参加十多次科考,皆名落孙山,史称"十上不第"。人生失意,他总是在作诗消愁。比如,他写过一首《自遣》:

得即高歌失即休,多愁多恨亦悠悠。
今朝有酒今朝醉,明日愁来明日愁。

可惜,饮酒写诗只能获得刹那的快意,如李白诗中所写:"抽刀断水水更流,举杯消愁愁更愁。"借酒消愁,无异于扬汤止沸。科场失意的罗隐,终是寥落了半生。

其实,历史上如他这样多次参加科考、多次折戟的人不在少数。为了功名前程,许多人百折不挠。明代画家徐渭,天赋极高,被誉为神童,九岁便能写诗作文,但他前后参加了八次科考,皆以落第收场。《聊斋志异》的作者蒲松龄,十九岁参加童子试,在县、府、道考试中连续夺魁,后来却屡试不第,直到古稀之年才补了个岁贡生。在科考的路上，他走了五十多年。

还有更令人咋舌的。清代的谢启祚，年少时开始参加科考，耄耋之年才进士及第，狂喜之余，他写了首《老女出嫁诗》："行年九十八，出嫁不胜羞。照镜花生靥，持梳雪满头。自知真处子，人号老风流。寄语青春女，休夸早好逑。"令人惊愕的是，那年有个十二岁的少年进士及第。

屡试不第，罗隐甚是悲愤。他著有《谗书》，讽刺当权者，揭露社会真相。有人写诗说："平日时风好涕流，谗书虽盛一名休。"意思是，《谗书》成就很高，但罗隐讽喻世事，讥嘲权贵，注定怀才不遇。

罗隐曾闲游大梁。可惜，隔着一百多年，他不会遇见那两位叫李白和杜甫的诗人。四十八岁时，罗隐曾隐居池州九华山，与杜荀鹤、张乔等人游山玩水、把酒临风。数年后，罗隐去往润州（今江苏镇江），与僧人处默同游多日。

社会腐败，人生失意，他有过退隐田园之心。

那年，他在长安，独游曲江，作了首《曲江春感》：

江头日暖花又开，江东行客心悠哉。
高阳酒徒半凋落，终南山色空崔嵬。
圣代也知无弃物，侯门未必用非才。
一船明月一竿竹，家住五湖归去来。

海子说：面朝大海，春暖花开。

其实，这是海子在绝望时的悲歌，因为他说"从明天起"。那个明天,始终不曾到来。后来,他终于将自己交给了铁轨。不过,对许多人来说,"面朝大海,春暖花开"是唯美的,亦是诗意的。

江湖水暖的日子,乘舟走入烟水之中,就像走入一场温软的梦里。英雄无用武之地,不如择一僻静幽雅之处,悠闲度日,与岁月为邻,与草木为友。陆游说:"人间富贵知何物,莫负君家旧钓竿。"人生如梦,与其执着于功名,不如归去五湖之间,白日纵酒,黄昏归棹。

只是,世间之人,总有理想要实现,总有远方要抵达。

因为执着,所以迷惘;因为迷惘,所以执着。

2

晚唐时,政治昏暗,民不聊生。

一个王朝走到最后,连时光都是破碎的。

罗隐,这位有良知的诗人,就在那段时光里跋涉着。

当时,政治腐败,民怨沸腾,各地豪杰揭竿而起,啸聚山林,企图推翻大唐统治。罗隐多次落第,虽也曾写诗讽刺权贵,却终是少有人知。而有的人,落第之后便选择揭竿而起。

黄巢便是如此。黄巢出身于商人家庭,善于骑射,任侠好义,少有才名。在参加科举考试落第后,他选择了响应王仙芝聚众起义,以推翻腐朽的大唐政权。他说:"他年我若为青帝,报与桃花一处开。"

那些年,罗隐始终在关心着时局。他一边痛恨大唐统治者,一边为黎民百姓忧心忡忡。隐居山野,他仍在作诗讽喻时事。黄巢军

队攻破长安,唐僖宗沿着安史之乱时唐玄宗逃跑的路线逃至蜀中。后来,起义军被剿灭,僖宗返回长安,罗隐作了首《帝幸蜀》:

马嵬山色翠依依,又见銮舆幸蜀归。
泉下阿蛮应有语,这回休更怨杨妃。

当年,安史之乱爆发,人们都说杨贵妃是红颜祸水。而她也在马嵬坡下被缢死。但其实,即使没有杨贵妃,该发生的变乱也会发生。皇帝开始声色犬马的时候,王朝必然会面对大厦将倾的局面,并非一个女子的过错。

因此,罗隐在诗中说,九泉之下的玄宗定然会说:"这回,想必没有人怨杨贵妃了!"事实上,罗隐始终不认为一个国家的灭亡是因为红颜的存在。人们也说,西施是祸水,导致吴国灭亡。罗隐却在《西施》中如此写道:

家国兴亡自有时,吴人何苦怨西施。
西施若解倾吴国,越国亡来又是谁。

天子荒淫,朝臣享乐,这才是灭国的根本原因。

即使没有西施,吴国也终会覆灭。倘若西施导致吴国覆灭的说法成立,那么越国又是因何灭亡的呢?罗隐写很多诗时,是站在高处看这个世界的。

唐僖宗驾崩后,其弟昭宗即位。昭宗也曾四处流亡。后来,昭宗身边随驾的艺人仅剩一个耍猴者。他的猴子极其驯服,昭宗于是赐他五品供奉之官衔。罗隐寒窗苦读十年，又多次参加科考不第，始终无有功名，而这个耍猴人只因为猴子训练有素便轻易获得了五品官衔。对此，罗隐甚是感慨，作了首《感弄猴人赐朱绂》：

十二三年就试期，五湖烟月奈相违。
何如买取胡孙弄，一笑君王便著绯。

没办法，世事就是这样讽刺。有人苦读多年，身具文韬武略却难入魏阙，有人只是善于溜须拍马就能讨得皇帝欢心，继而封侯拜相。岁月迢迢，许多事无法解释。

光启三年（887），罗隐投靠了杭州刺史钱镠，受到重用。钱镠也是杭州人，为五代时吴越开国天子。他在位期间，江浙等地经济富庶，人文荟萃，是无数人向往的地方。

钱镠公私分明，他有个宠妾郑氏，其父犯了死罪，钱镠遂休了郑氏，处死了其父。一次他微服出行，直到城门关闭才回到城门口。守门小吏谨守职责，拒不开门，还声称即使是大王来了也不行。钱镠只得从别的门入城。后来，这个小吏受到了钱镠的嘉奖。

钱镠的结发妻子是个农家女子，跟随钱镠多年。钱镠也深爱着妻子，发达后仍对她不离不弃。妻子每年都要回家省亲。她每次回家，钱镠都甚是想念。那年春天，妻子多日未归，陌上花开的时候，钱镠写信给妻子说："陌上花开，可缓缓归矣。"此事后来传开，成了佳话一则。清代王士禛说，仅此九字便可艳称千古。苏轼曾以这个故事作了三首《陌上花》。

五十五岁时，罗隐前去投奔钱镠。他将自己的诗文寄给钱镠，还在《过夏口》一诗中写道："一个祢衡容不得，思量黄祖漫英雄。"

当年，孔融将才华横溢的祢衡推荐给曹操，曹操见其狂傲不予重用，让他做鼓史。祢衡心生不悦，赤裸上身打鼓，借以侮辱曹操。曹操欲杀祢衡，但是不便亲自动手，便将他推荐给刘表。其后，刘表又将恃才放旷的祢衡推荐给黄祖。在黄祖处，祢衡依旧不改狂傲，终于被杀。罗隐写这两句的意思是，倘若钱镠不重用他，便和曹操无异。

钱镠求贤若渴，让罗隐做了钱塘县令。钱镠喜欢吃鱼，曾命西湖渔民日日向王府献鱼，称为"使宅鱼"。一日，钱镠让罗隐为自己的《蟠溪垂钓图》题诗，罗隐写道：

吕望当年展庙谟，直钩钓国更谁如。
若教生在西湖上，也是须供使宅鱼。

当年，姜太公曾在渭水以直钩钓鱼。罗隐在诗中说，倘若姜太公来西湖垂钓，也必须日日给王府献鱼，显然是在讽刺钱镠。因为爱惜罗隐的才华，钱镠不仅没有生气，还下令取消了"使宅鱼"。

后来，钱镠任镇海军节度使，罗隐又在其幕中先后任掌书记和观察判官。天祐三年（906），罗隐经钱镠推荐，任司勋郎中。次年，朱温逼唐哀帝禅位给自己，改国号为梁。历时近三百年的大唐王朝彻底覆亡。于岁月，那样漫长的历史也不过是昙花一现。

两年后的深冬，罗隐离世。

人生如逆旅，每个人都是异乡的行人。

走着走着，就到了归去的时候。

3

无疑，罗隐是个才子。

不过，据说他的长相甚是丑陋。

对于相爱这件事，现代人常说"始于颜值，陷于才华，忠于人品"。不过，物欲横流的世界，这样的说法未必靠得住。事实上，即使是古代，贫寒之人也经常受人冷落和疏远。而罗隐身上的故事，并非因为贫寒，而是因为长相。

罗隐是个才华倾世的男子，受到无数人的赏识和追捧。当时，有个叫罗绍威的人，因为激赏罗隐，便认他作叔叔。罗绍威也喜欢写诗，因为罗隐自称江东生，罗绍威将自己的诗集命名为《偷江东集》。

平卢节度使王师范时常派部下送钱物给罗隐，只为求几首诗。一位朋友进士及第，罗隐作诗庆贺，那位朋友的父亲对人说，儿子考中进士都不及得到罗隐的诗更让他高兴。罗隐的诗的确有其过人之处，比如那首《牡丹花》：

似共东风别有因，绛罗高卷不胜春。
若教解语应倾国，任是无情亦动人。
芍药与君为近侍，芙蓉何处避芳尘。
可怜韩令功成后，辜负秾华过此身。

罗隐喜欢牡丹，写过多首咏牡丹的诗，因此被称为"罗牡丹"。这首诗通过咏牡丹，表达了他的孤高与清绝。其中，"若教解语应倾

国,任是无情亦动人"句,可谓千古绝唱。另外,罗隐的《筹笔驿》也是尽得风流:

抛掷南阳为主忧,北征东讨尽良筹。
时来天地皆同力,运去英雄不自由。
千里山河轻孺子,两朝冠剑恨谯周。
唯余岩下多情水,犹解年年傍驿流。

才情卓绝的罗隐,曾被一个女子偷偷喜欢了多年。她便是晚唐宰相郑畋的女儿。郑畋也是有名的诗人,有多首诗作留世,他最著名的诗是那首《马嵬坡》:"玄宗回马杨妃死,云雨难忘日月新。终是圣明天子事,景阳宫井又何人。"后两句颇值得玩味,似是赞扬唐玄宗,却又分明有讽刺之意。

郑畋的女儿对罗隐早有耳闻,而且因为欣赏其才华,对罗隐的很多诗都倒背如流。郑小姐心里时常渴望见到自己仰慕已久的才子,也曾渴望与他能有一段美好的故事,如司马相如与卓文君那样。

当年,司马相如在临邛结识了县令王吉。临邛富商卓王孙的女儿卓文君对他甚是倾慕。一日,司马相如随王吉前往卓王孙家赴宴。席间,卓文君在屏风之侧偷看司马相如。其实,司马相如也早闻卓文君才貌双全,对她颇有爱慕之意。那日,司马相如受邀抚琴,弹了一曲《凤求凰》,卓文君听出了其中的深意。不久后,两情相悦的司马相如和卓文君,于一个深夜携手私奔而去,到了成都,后回到临邛。后来,为了生计,卓文君当垆卖酒,传为佳话。

与司马相如相比,罗隐的才华并不逊色。然而,他却败给了长相,他不似司马相如那般玉树临风、潇洒俊逸。郑小姐在苦等多年后,终于等来了目睹心中偶像的机会。

那日,郑畋在家中大宴宾客,罗隐受邀前往。席间,郑小姐也如卓文君那样,在帘后偷看罗隐。就是这次偷窥,让郑小姐的爱情梦破碎了。罗隐长相丑陋,而且不修边幅,这让郑小姐大失所望。她幻想过的理想爱情,还有许多美好的情节,都在刹那间散落于无形。

爱情梦破灭了,就连那份欣赏也不存在了。郑小姐烧掉了罗隐的诗文,从此不再读他的诗。能成为佳话的相逢是需要很多条件的。罗隐与郑小姐注定无缘。他不是司马相如,她也不是卓文君。

年轻时,罗隐路过钟陵(今属南昌),结识了歌女云英。十余年后,罗隐再次经过钟陵,又与云英不期而遇。见罗隐仍是一介布衣,云英打趣道:"公子还未高中吗?"有感于此,罗隐作了首《偶题》:

钟陵醉别十余春,重见云英掌上身。
我未成名君未嫁,可能俱是不如人。

诗的后两句说的是反话。他说,他未能进士及第,云英亦未嫁人,可能是不如别人。其实,诗人大都狂傲,罗隐也不例外。他之所以这样说,不过是在感叹怀才不遇。其实,他早已明白,身处乱世,注定壮志难酬。

他是大唐王朝覆灭的见证者。他亲眼见证了王朝的大厦在岁月里零落成泥。或许,那些飘零四方的日子,他也曾想起开元盛世,那时候的大唐如日中天,八方来朝。后来,经历了八年的安史之乱,大唐王朝日渐瘦弱，最终被岁月碾成了齑粉。

岁月里，一切都将化作尘埃。

每个人皆是如此，皇图霸业亦是如此。

其实，他活得很明白。

贺 铸

立谈中，死生同。一诺千金重

1

他是个侠肝义胆的人。

开弓射猛虎，跃马斩蛟龙，是他的愿望。

但他，又是一个不折不扣的词人。

他便是贺铸，字方回，人称贺梅子。

李白诗云："安得倚天剑，跨海斩长鲸。"王维诗云："一身转战三千里，一剑曾当百万师。"李贺诗云："男儿何不带吴钩，收取关山五十州。"贯休诗云："满堂花醉三千客，一剑霜寒十四州。"这些，都是贺铸的理想。

曾经，他是个热血男儿，任侠尚武，有江湖之气。如果可以，他愿意仗剑行走，行侠仗义；如果可以，他愿意跃马关山，建功立业。但是最终，他成了人们印象中憔悴的词人，一生寥落。他的《六州歌头》，写得豪放大气：

少年侠气，交结五都雄。肝胆洞，毛发耸。立谈中，死生同。

一诺千金重。推翘勇,矜豪纵。轻盖拥,联飞鞚,斗城东。轰饮酒垆,春色浮寒瓮,吸海垂虹。闲呼鹰嗾犬,白羽摘雕弓,狡穴俄空。乐匆匆。

似黄粱梦,辞丹凤;明月共,漾孤篷。官冗从,怀倥偬;落尘笼,簿书丛。鹖弁如云众,供粗用,忽奇功。笳鼓动,渔阳弄,思悲翁。不请长缨,系取天骄种,剑吼西风。恨登山临水,手寄七弦桐,目送归鸿。

年少轻狂时,他血气方刚,一身侠气。那时候,他结交豪纵之人,以行侠仗义为己任,雄姿英发,剑气如虹。他们曾豪饮酒肆,也曾牵黄擎苍,纵马射猎。多年以后,当年的豪气干云、气贯长虹,只如一场黄粱梦。他不能仗剑江湖,也不能驰骋疆场。入仕多年,他始终身处低位。登山临水,目送归鸿,他只能茫然地叹息。

贺铸自称是唐代诗人贺知章的后人。贺知章自号四明狂客,性情狂放,晚年辞官退隐于镜湖之畔。隔着四百年,贺铸延续了贺知章的狂放,自号庆湖遗老(庆湖即镜湖)。

每个人都有很多面。一个粗放的人,可能很温柔;一个细心的人,可能很执拗;一个自负的人,可能很自卑。贺铸长相丑陋,面如黑铁,眉目高耸,被称为"贺鬼头",他的词却清丽婉约。而且,他有一颗温柔的心,对妻子十分体贴。

北宋诗人程俱在《贺方回诗集序》中说,贺铸是个难解的人。其难解之处有三:其一,他年轻时侠肝义胆,纵横四方,饮酒如长鲸,暮年看破世事,在北窗下作牛毛小楷,校雠经书,反而似苦寒书生;其二,他仪表伟岸,剑气如虹,但写诗填词尽是清词丽句;其三,他喜谈天下盛衰兴败之事，往往慷慨激昂，口若悬河，但在参加达官贵人的宴会时，往往胆怯羞涩，像个未出阁的女子。

年轻时轻狂恣肆，有凌云之志，暮年看破世事，平静度日；外表伟岸，一身侠气，内心温柔，外放中有内敛；不喜人情世故，不喜周旋于达官贵人之间。这就是贺铸。

他是个高贵的人，也是个狂傲的人。

他喜欢针砭时弊，也喜欢嘲弄王侯贵胄。

阿谀逢迎、低三下四，他最是厌恶。

因为这样的性格，他入仕多年，始终沉沦下僚，郁郁不得志。但他从不后悔。生性狂傲的人，本就难在官场立足。官场需要的，是八面玲珑、善于钻营的人。旷逸不羁之人，即使走入官场，也往往会落得满心萧瑟。暮年，贺铸辞官退居苏州，读书写诗，日子清朗。我们应该庆幸，在他黯淡的仕途之外，有近三百首词留世。他最有名的词，当数那首《青玉案》：

凌波不过横塘路，但目送、芳尘去。锦瑟华年谁与度？月桥花院，琐窗朱户，只有春知处。

飞云冉冉蘅皋暮，彩笔新题断肠句。若问闲情都几许？一川烟草，满城风絮，梅子黄时雨。

偶然间，他遇到了那个女子。

但她，如在水一方的红颜，咫尺天涯。

惊鸿一瞥后，再难寻觅。

曹植在《洛神赋》中写道："凌波微步，罗袜生尘。"在他眼中，洛神"翩若惊鸿,婉若游龙,荣曜秋菊,华茂春松。仿佛兮若轻云之蔽月,飘摇兮若流风之回雪"。想必,贺铸那日所见的女子也是如此。她太美,所以他目送她走过横塘,飘然离去。最后,她的身影已不可见,他忍不住想:这样的女子,谁能有缘与她共度流光?他不知她去了何处,许是月桥花院,许是朱门大户,他无从知晓。这答案,只有春风知道。

女子离去,他怅然若失,愁绪顿生。

梅雨季节,一川烟草,满城风絮,细雨霏霏。

他立在那里,不知身在何处。

晚年在江南,贺铸写过一首《阳羡歌》:

山秀芙蓉,溪明罨画。真游洞穴沧波下。临风慨想斩蛟灵,长桥千载犹横跨。

解组投簪,求田问舍。黄鸡白酒渔樵社。元龙非复少时豪,耳根清净功名话。

明山净水,绿柳白云。

那时候,隐于江南,与渔樵为邻,日子逍遥。

功名之事,他早已看透。

2

人生是一场独自的旅行。

也可以说,人生是一场寂寞的修行。

从自己出发,向自己回归。这就是人生。

贺铸祖籍浙江山阴。范仲淹离世的那年,他出生于河南卫州。卫州为殷商古都,紧邻着黄河和太行山。许多年前,名士孙登曾隐居于卫州苏门山。阮籍前去拜访,向他提出不少问题,他却沉默以对。阮籍离开时,对群山长啸,孙登听到后,让他再啸。阮籍再次长啸。不久后,他听到了孙登的长啸之声。那就是他们的对话。同样的狂放,无须言语,已完成了一次长谈。

贺铸为宋太祖贺皇后的族孙。因此,他得以门荫入仕。十七岁,他离开故里,前往汴京任右班殿直,步入仕途。不过,此后几十年,他始终身处下僚,抱负难以施展,甚是苦闷。元祐元年(1086),离开为官三年半的徐州,他作了首《将发彭城作》:

四年吟笑老东徐,满目溪山不负渠。
得米经须偿酒债,有田便拟卜吾庐。
明朝门外扁舟雪,别夜灯前满纸书。
会问怱怱解携客,相思命驾定何如。

仕途蹭蹬,他渴望溪山茅舍。
与其愤懑于仕途,不如一叶扁舟,漂荡于烟水之间。
这是他的愿望,也是许多失意诗人的愿望。

数年后,经苏轼和李清臣举荐,贺铸入朝任承事郎,其后又改任江夏宝泉监。大观三年(1109),五十八岁的贺铸以承议郎致仕,闲居苏州。之所以致仕,一来是年岁渐老,而官职低微;二来是那些年故人不断离世,他甚感寥落。

元符三年（1100），秦观离世；建中靖国元年（1101），苏轼离世；崇宁四年（1105），黄庭坚离世；大观二年（1108），米芾离世。朋友们相继故去，就像灯盏逐渐熄灭，他的人生渐渐黯淡。于是，他选择了辞官归隐，于云水间寻几分闲情。

贺铸与苏轼以及"苏门四学士"都颇有交情。绍圣三年（1096），贺铸乘舟行至沔水，对岸就是秦观被贬之地郴州。未能相见，贺铸作了首《寄别秦观少游》：

沔阳湖上小留连，疑是前时李谪仙。
流向夜郎才半道，径还江夏乐当年。
个侬生以才为累，阿堵官于老有缘。
待得公归吾亦罢，春风先办两渔船。

那时候，他已厌倦仕途。他想着，若干年后辞官，与秦观同游江上，做两个闲适的垂钓人。可惜，这样的愿望最终落空了。四年之后，秦观于藤州离世。

又过了一年，对贺铸有知遇之恩的苏轼也卒于常州。关于贺铸与苏轼的交往，史料记载极少。不过，苏轼曾经唱和贺铸那首著名的《青玉案》，题为《青玉案·送伯固归吴中》：

三年枕上吴中路。遣黄耳、随君去。若到松江呼小渡。莫惊鸥鹭，四桥尽是，老子经行处。
辋川图上看春暮。常记高人右丞句。作个归期天已许。春衫犹是，小蛮针线，曾湿西湖雨。

黄庭坚与贺铸，一个旷逸，一个狂放，颇有交情。崇宁二年（1103）黄庭坚寓居鄂州（今湖北武昌）。那时候，秦观已离世三年，黄庭坚给贺铸寄去一首《寄贺方回》：

少游醉卧古藤下，谁与愁眉唱一杯。
解作江南断肠句，只今唯有贺方回。

故人离世，知音零落。
无论是贺铸还是黄庭坚，都甚觉孤寂。
贺铸与米芾是至交。米芾性情乖张，举止癫狂，人称米颠。他与一身侠气、狂放不羁的贺铸一见如故。《宋史·贺铸传》载："是时，江、淮间有米芾以魁岸奇谲知名，铸以气侠雄爽适相先后，二人每相遇，瞋目抵掌，论辩锋起，终日各不能屈，谈者争传为口实。"每次相遇，他们都会争论不休，交情却越来越深。
米芾曾任雍丘县令。彼时，蝗灾肆虐，邻县县令认为，因雍丘驱逐蝗虫，致使他所辖之县受蝗灾之苦，于是写信责难米芾。米芾回信说："蝗虫本是飞空物，天遣来为百姓灾。本县若能驱得去，贵司何不打回来。"
元祐六年（1091），贺铸途经广陵（今江苏扬州），游览金山，曾约米芾相见，米芾因事未能赴约。贺铸作诗说："九客相逢思楚狂，停歌罢铗缓行觞。座中那更添严令，分韵吟诗招阿章。"米芾字元章。以"阿章"称呼他，足见两人交情之深。其后，贺铸与朋友在金山举行雅集，又作了首《金山化成阁望焦山作》，题下注："金山夜集，招米芾元章不至作。"

> 惜无杯中物，可以延楚狂。兴阑半道去，浪学山阴王。
> 明发吾将还，沧波渺相望。如何方外徒，漫仕烦官仓。

后来，贺铸在京任职，米芾任雍丘县令，相距不远，时有往来。一次，相聚把酒之后，贺铸作了首《谢米雍丘元章见过》，他在诗中写道："今古两妙令，雍丘与太丘。当时号清白，后日想风流。"诗中的"太丘"指东汉陈寔，曾任太丘长，后来归隐，受人敬重。将米芾与陈寔相提并论，足见贺铸对米芾的欣赏。米芾故去后，贺铸甚是悲伤。

离开官场，退居苏州，日子闲适。

那时候，校书之余，他时常饮酒填词。

> 绿净春深好染衣，际柴扉。溶溶漾漾白鸥飞，两忘机。
> 南去北来徒自老，故人稀。夕阳长送钓船归，鳜鱼肥。

一生，南来北往，聚散匆匆。暮年，幸好有云水为邻，有鸥鸟做伴，有渔樵对酌。辛弃疾说，白发多时故人少。这也是贺铸的感慨。

宣和七年（1125），贺铸于常州僧舍离世。

就像一本书，默然合上，尘封了往事。

后来，再翻开，已是岁月顽皮。

3

总在想，幸福是什么。

其实，幸福很简单，并非遥不可及。

暗夜有灯，雨中有伞，便是幸福；冬日有炉火，天涯有故人，便是幸福。自然，有个志趣相投的人相伴，一起走过红尘，更是幸福。

贺铸一身侠气，但是对妻子极尽温柔。对他的妻子来说，能被一个才气纵横的词人爱一生，是极大的幸事；对贺铸来说，遇见一个女子，值得他爱一生，也是幸事。贺铸被称为"贺鬼头"，长相丑陋。但他的爱是纯粹和深挚的。王小波在写给李银河的情书中说："一想到你，我这张丑脸上就泛起微笑。"这话，放在贺铸身上也是合适的。

沈从文在《致张兆和情书》中写道："在青山绿水之间，我想牵着你的手，走过这座桥，桥上是绿叶红花，桥下是流水人家，桥的那头是青丝，桥的这头是白发。"最浪漫的事，莫过于牵着一个人的手，从少年到白头。

贺铸的愿望便是如此。年轻时，在他肝胆相照的朋友中，有个人叫赵克彰。赵克彰出身皇族，其曾祖父为宋太祖四弟赵廷美。因为赏识贺铸，赵克彰将女儿嫁给了他。

最好的年岁，他们相遇。

然后，他们彼此温暖，转眼已是几十年。

最好的爱情，莫过于此。

那时候，贺铸写过一首《问内》：

庚伏压蒸暑，细君弄针缕。乌绨百结裘，茹茧加弥补。
劳问"汝何为，经营特先期？""妇功乃我职，一日安敢堕？
尝闻古俚语，君子毋见嗤。瘿女将有行，始求燃艾医。
须衣待僵冻，何异斯人痴？蕉葛此时好，冰霜非所宜。"

贺铸的妻子温柔贤惠。炎炎夏日，她独坐窗下，为丈夫缝补衣服，汗水顺着脸颊不断流下。见此情景，贺铸十分心疼，对她说："这些都是冬天的衣物，不必着急缝补。"她回答，这是她分内之事。

缝着衣服，闲话家常。

在这简单的情节里，有岁月的温柔。

幸福，就在这一针一线里。

细水长流，不离不弃，这才是真正的幸福。

为了生计，贺铸不得不四处奔走。每次分别，他们都十分感伤。那次，贺铸远行，妻子执手相送，贺铸写了首《绿罗裙》：

东风柳陌长，闭月花房小。应念画眉人，拂镜啼新晓。
伤心南浦波，回首青门道。记得绿罗裙，处处怜芳草。

如今的人们，即使隔着几千里，也能时时联系，若难忍相思，几个小时便能抵达对方的城市。而在古代，交通不便，音书难递，相见难期，因此所有的离别都让人黯然神伤。

一日不见，如隔三秋。

相思之苦，经历过的人都明白。

分别之后，贺铸只能写诗填词，寄托思念。

后来，他们有了孩子。两个人的花前月下，变成了一家几口的安谧温馨。汪曾祺说："家人闲坐，灯火可亲。"灯火之下，有妻子在侧，有孩子绕膝，哪怕粗茶淡饭，也是幸福的。烟火中的幸福，本就是简单和平淡的。

只是，幸福的日子总显得短暂。

妻子离世，就像冬日失去了炉火。贺铸悲恸欲绝。

后来，重过阊门，他作了首《鹧鸪天》：

重过阊门万事非，同来何事不同归。
梧桐半死清霜后，头白鸳鸯失伴飞。
原上草，露初晞。旧栖新垅两依依。
空床卧听南窗雨，谁复挑灯夜补衣。

贺铸在卜居苏州九年后，又被召入朝任职。不过，他对仕途早已了无兴致，仅仅一年后便又辞官退隐苏州。此时，妻子已离世多年。

孟郊诗云："梧桐相待老，鸳鸯会双死。"年过半百，妻子离世，贺铸的悲伤可想而知。他来到他们从前的住所，徘徊许久。其后，他又去到妻子的坟前，伫立着悲伤。正如苏轼词中所写："千里孤坟，无处话凄凉。"

夜雨霖铃，如断肠之声。欹枕无言，他忆起了当年。同样的夜晚，一灯如豆，妻子在灯下补衣，他们时不时说几句闲话。如今，他们已是天人永隔。

纳兰容若与妻子鹣鲽情深。

妻子离世后,纳兰写了多首悼亡词。

愁痕满地无人省,露湿琅玕影。闲阶小立倍荒凉,还剩旧时月色在潇湘。

薄情转是多情累,曲曲柔肠碎。红笺向壁字模糊,忆共灯前呵手为伊书。

点滴芭蕉心欲碎,声声催忆当初。欲眠还展旧时书。鸳鸯小字,犹记手生疏。

倦眼乍低缃帙乱,重看一半模糊。幽窗冷雨一灯孤。料应情尽,还道有情无。

斯人已逝,他只剩回忆。

往事里,她书写"鸳鸯"两个字,还不太熟练;往事里,他曾在灯下呵气暖手,为他书写心曲。贺铸也好,纳兰容若也好,在妻子离世后,都只能在往事里打捞些许温暖。然而,往事如门,他们终究要从里面出来,面对凄凉。

那夜的贺铸,注定无眠。

思念入骨,心痛无痕。他的悲伤无人知晓。

外面,雨还在冰冷地下着。

题 记

女性力量：红颜与红颜，本是惺惺相惜，一个为情所困，另一个为情所弑。男儿的天与地间，她们二人，谁活出了自我？

第十八回合

薛涛 PK 朱淑真

爱情这个小玩意儿

薛 涛
花开不同赏，花落不同悲

1

成都。

浣花溪畔，秋已深。

女子倚着窗，寂静地望着北方，眼神里有几分幽怨。

她已在这个窗口等了很久，她已不奢望他能回来，只是等一封信，或者一首诗。然而，并没有。最初，他寄来几封信，后来便音信杳然。她终于确定，他们缘分已尽。她曾经以为，爱如星火，如清风明月。但是现在，她只觉得，爱如穿肠毒药。

一阵风吹过，她打了个哆嗦。

她走到菱花镜前，呆呆地望着镜中的自己。

似乎，她又老了不少。还好，无人知晓。

她叫薛涛，大唐第一女诗人。即使与一众须眉相比，她的诗才亦毫不逊色。然而，就因为她是个女子，她的人生看似热闹，却又无比萧瑟。不管怎样，她的诗曾将一个时代染得鲜红。她就那样立于众须眉之间，不卑不亢。

如今，她的坟茔位于成都望江公园西北角的竹林深处。竹影摇曳，草木葳蕤，伴着那沉睡千年的女子。她在她的枇杷门巷，从未老去。望江楼上有清代学者伍生辉题写的对联：

古井冷斜阳，问几树枇杷，何处是校书门巷？
大江横曲槛，占一楼烟雨，要平分工部草堂。

浣花溪畔，有过她的寂寞。
当然，那里也有过杜甫把酒吟诗的身影。
或许可以说，他们都是为诗而生的。
卸下俗事，偶尔溯回到中唐岁月，就能看到她的身影。她在浣花溪畔，孤独地坐着，手里拿几张红笺，安放着细密的心事。她的沉默里，有孤绝，有倔强。读她的诗，总是会感到心疼：

前溪独立后溪行，鹭识朱衣自不惊。
借问人间愁寂意，伯牙弦绝已无声。

冷色初澄一带烟，幽声遥泻十丝弦。
长来枕上牵情思，不使愁人半夜眠。

无数个夜晚，她孤独难耐。
红尘万丈，她只有自己，抱影无眠。
在大唐，有过鱼玄机，有过上官婉儿，但是相较而言，薛涛最像位真正的诗人。她喜欢用诗来表达。她的人生和性情，皆是属于诗人的。她和李白、杜甫、白居易、杜牧等诗人一起,以华丽的笔,画了一场叫作唐诗的梦。

唐代宗大历三年(768)前,薛涛出生。父亲薛郧曾为小吏,安史之乱后辞官归里。薛涛天生灵慧秀美。在她渐渐懂事的时候,父亲教她弹琴、写诗、作画。若干年后,她已是琴棋书画无所不精。十几岁时,薛涛已是个笑靥如花、身姿娩婀的女子。

一日,薛郧望着庭前的梧桐树,吟出两句诗:"庭除一古桐,耸干入云中。"然后,他望着薛涛。薛涛沉思片刻,续了两句:"枝迎南北鸟,叶送往来风。"当时,薛郧未曾想到,这句"叶送往来风"会一语成谶。后来的薛涛,落入了风尘,果然成了迎来送往的女子。

无论是谁,都必须接受生活的安排。

生活像一位慈眉善目的老者,却又极其冷漠。

往往,他会在我们的路上,画下风雨,画下荆棘。

而我们,只能在风雨凄凄的日子里学着坚强。

父亲离世后,薛涛和母亲的生活失去了依靠。于是,风姿绰约的薛涛毅然走入了风尘之地。她在秦楼楚馆强颜欢笑,一去多年。身为女子,她没有别的路可选。

青楼,是一个让无数人厌弃的字眼。然而,也正是这个地方,让无数男子趋之若鹜。为了刹那的欢愉,他们去到那里。只有少数男子,带着纯粹的自己,去那里寻找知己,比如杜牧,比如柳永。

薛涛讨厌那个地方,但她不得不寄身于那里。生活为她安排了一段崎岖的人生,她无法拒绝。她不喜欢那种空虚的热闹。每次应酬都像是在接受命运的拷打。夜深人静,空虚和寂寞总会悄然袭来,她无处躲避。幸好,她还有一支笔,可以写诗。送别朋友,她写了这首《送友人》：

> 水国蒹葭夜有霜，月寒山色共苍苍。
> 谁言千里自今夕，离梦杳如关塞长。

蒹葭苍苍，白露为霜。

许多个秋天，她都只能独自面对秋凉。

秋风四起的时候，她的心事在人群里凋零。

最好的年岁，薛涛成了锦官城里炙手可热的歌伎。她的明媚清婉，她的惊才绝艳，很快就被人们知道了，许多人慕名而来。不过，薛涛喜欢接待那些温文尔雅的男子，她经常与他们把酒论诗，为他们弹琴。对于那些庸俗的男子，她总是冷眼相对。

虽身在风尘，但她有自己的骄傲。

她不是牡丹花，亦不是玫瑰花。

她是一朵傲霜的菊花。

2

花谢花开，云舒云卷。

日子，如流水般悄然流淌。

于岁月，每个人都只如尘埃。但是在这尘世，每个人又自成风景。无论高低贵贱，我们都是自己世界里的主人，在自己的一方天地里春种秋收。

在人群里，薛涛是明艳的鲜花，尽情地盛放。但是独自一人的时候，她只是一株野草，孤芳自赏，寂寞而憔悴。很多时候，她的心中一片荒凉。

其实，作为歌伎，薛涛的处境还是不错的。她才华横溢，虽身在青楼，却是真正的诗人。有生之年，她所认识的历届剑南节度使都对她青眼有加，比如韦皋。韦皋其人性格儒雅，喜欢吟风弄月，担任剑南节度使时，听闻薛涛才艺双绝，想要一睹芳容。不久后，他将薛涛召到了帅府侍宴。作为歌伎，薛涛无法拒绝，只得前往。当她步履从容地出现时，韦皋立刻惊为天人。那日席间，韦皋让薛涛即兴作诗，薛涛沉思片刻，作了首《谒巫山庙》：

乱猿啼处访高唐，路入烟霞草木香。
山色未能忘宋玉，水声尤似哭襄王。
朝朝暮暮阳台下，为雨为云楚国亡。
惆怅庙前无限柳，春来空斗画眉长。

这首诗，看起来颇似杜甫手笔。
历史的厚重与荒凉，尽在这首诗里。
当时，包括韦皋在内的席间所有人，都为薛涛的才华惊叹不已。韦皋终于知道，薛涛并非徒有虚名，因此对她多了几分敬意。此后，薛涛成了帅府的常客。韦皋每次举行饮宴，总会召薛涛前去侍宴赋诗。见韦皋举止不俗，薛涛倒也乐得前往。至于世间人们的评说，她无心理会。选择了风尘，也就选择了指摘和贬斥，她心知肚明。

红尘之上，她活得无比通透。
身在风尘，倚楼卖笑，但她独守着一份孤清。

世人的褒贬,只如尘埃,她可以轻轻挥去。

她可以在人群里欢笑,却也可以在寂静的时候回归自己。那时候,她是位诗人,临风对月,烹茶写诗。因为始终不曾失去自己,所以她能从容应对往来不绝的寻欢作乐之人。她有自己的姿态,虽然身份低微,却有着无与伦比的高贵。

因为赏识薛涛的才华,韦皋曾计划让薛涛担任校书郎之职。可惜,这个想法无人支持,韦皋只好作罢。尽管如此,薛涛"女校书"之名却不胫而走。中唐诗人王建有一首《寄蜀中薛涛校书》:

万里桥边女校书,枇杷花里闭门居。
扫眉才子知多少,管领春风总不如。

身为女子,才情不让须眉。
江山风月,是李白等人的,也是她的。

人们说,歌女舞姬是没资格清高的。但是,薛涛虽常年来往于欢乐场所,却保持着简净的内心。她的心里有一座花园,她可以在无人的时候回到那里,莳花种草,弹琴写诗。对她来说,风尘中所见之男子,都只是莫名的敲门者。她的门扉从未打开。

春日雨后,她独自赏竹。
兴之所至,她作了一首《酬人雨后玩竹》:

南天春雨时,那鉴雪霜姿?
众类亦云茂,虚心能自持。
多留晋贤醉,早伴舜妃悲。

晚岁君能赏，苍苍劲节奇。

这首诗，写的是竹，表达的却是她的孤清。身在风尘，若没有这份孤清，必定会沦落。但她不曾沦落。对她来说，所有的欢乐，皆是逢场作戏。

她想过，假如自己身为男子，必定可以成就一番事业。又或者，她应该厌弃功名利禄，学着竹林七贤的模样，隐于山野，饮酒弹琴，仰天长啸。她也想过，假如身为男子，可以如李白那样，飘然来去，一身潇洒。可她是个女子，而且生活给了她一道难题，让她不得不沦落风尘。

后来，韦皋升迁，离开了成都。继任剑南节度使的李德裕也对薛涛甚是欣赏。成都城西的筹边楼建成时，李德裕在楼上大摆宴席，召来薛涛侍宴。席间，薛涛即兴写了首《筹边楼》：

平临云鸟八窗秋，壮压西川四十州。
诸将莫贪羌族马，最高层处见边头。

这样豪迈的诗，出自一个风尘女子之手，在场宾客无不肃然起敬。晚唐诗人贯休在《献钱尚父》中写道："满堂花醉三千客，一剑霜寒十四州。"与之相比，薛涛这首诗毫不逊色。她的生命里，有温柔，也有豪迈和壮烈。或许正因如此，她虽身为歌伎，却并未迷失自己。

一介女子，却可以落笔如山。

她是真正的诗人，不输给任何人。

她是惊才绝艳的薛涛。

3

她的内心,既丰盛又荒凉。
身在风月之地,她虽孤绝,却还是日渐憔悴。
事实上,她的年华也在一天天老去。
不过,她仍旧在写诗:

水荇斜牵绿藻浮,柳丝和叶卧清流。
何时得向溪头赏,旋摘菱花旋泛舟。

她喜欢漫步溪头,也喜欢泛舟湖上。自然,她希望那样的画面里,能有个俊雅风流的男子。她希望他骑马而来,停在她的小楼前。终于,她等来了那个人。

他就是元稹。他奉命出使剑南东川,从长安出发,一路风尘地来到了成都。他在不经意间走入了薛涛的世界,让她的世界突然间繁华如锦。那年,他三十一岁,她大概四十二岁。

那场相逢,让薛涛无比欢喜。而元稹,对才华横溢的薛涛早有耳闻。面对风流俊逸的元稹,薛涛心中早已沉睡的鸟,突然间飞腾而起。那日,他们在小楼上把酒倾谈,从黄昏到深夜。最终,薛涛卸下了所有的防卫。

情不知所起,一往而深。
年过不惑的薛涛,决定大胆地爱一次。

她甚至不要结果,只想尽力去爱。

不久后,薛涛作了首《池上双鸟》:

双栖绿池上,朝暮共飞还。
更忆将雏日,同心莲叶间。

此后数月,他们经常相约,漫步于成都的大街小巷,也曾泛舟于湖光水色之间。夕阳西下时分,他们也曾并肩而坐,默默无语,无声胜有声。在热闹的成都,他们度过了一段诗酒风流的日子。

对薛涛来说,那无疑是人生中最快乐的日子。

有诗有酒,有个可心的男子,那无疑是生活的恩赐。

但是,那样的日子终究还是结束了。出使任务结束后,元稹返回了长安。薛涛毕竟是个心思细腻的女子,在心爱之人离开的时候,她无比感伤。元稹未曾给她任何承诺。但是在他离开之后,她总是相信,他还会回来。然而,他并未回来。

最初,他给她写过几次信,后来他便音信杳然。对于元稹,薛涛只是一处路过的风景。他的"曾经沧海难为水,除却巫山不是云",只能写给自己的结发妻子。在等待中,薛涛的心日渐凄凉。但她还在写诗,比如那四首《春望词》:

花开不同赏,花落不同悲。欲问相思处,花开花落时。
揽草结同心,将以遗知音。春愁正断绝,春鸟复哀吟。
风花日将老,佳期犹渺渺。不结同心人,空结同心草。
那堪花满枝,翻作两相思。玉箸垂朝镜,春风知不知。

元好问在《摸鱼儿·雁丘词》中写道："问世间，情是何物，直教生死相许？天南地北双飞客，老翅几回寒暑？欢乐趣，离别苦，就中更有痴儿女。君应有语：渺万里层云，千山暮雪，只影向谁去？"那时的薛涛，就是这般心境。

相聚时越欢乐，离别后就越凄楚。

一别，便是关山迢递。她的心情无法拾掇。

她作了首《牡丹》，相思难寄：

去春零落暮春时，泪湿红笺怨别离。
常恐便同巫峡散，因何重有武陵期。
传情每向馨香得，不语还应彼此知。
只欲栏边安枕席，夜深闲共说相思。

她在等待中日渐憔悴。

终于，她明白了，他不会再回来。

当爱已成往事，她只有漫长的寥落和孤独。

不管怎样，生活还得继续。作为诗人，她有不少朋友。据说，白居易、牛僧孺、张籍、杜牧、刘禹锡等著名诗人都曾与薛涛以诗唱和。这样的交集，可以说是薛涛的荣幸，也可以说是这一众须眉的荣幸。

薛涛曾制作一种雅致的红笺，被称作"浣花笺"。她在红笺上写诗赠送给朋友。她的字极其秀雅，人们如此称赞："无女子气，笔力峻激，其行书妙处，颇得王羲之法，少加以学，亦卫夫人之流也。"

后来，薛涛洗尽铅华，离开了青楼。她独居于浣花溪畔，掩上繁华，闭门谢客。那些年，她总是一袭素衣，像个修道之人，不悲亦不喜。关于爱恨是非，她已不愿想起。暮色苍苍的时候，她仍在写诗，比如那首《酬杜舍人》：

双鱼底事到侬家，扑手新诗片片霞。
唱到白蘋洲畔曲，芙蓉空老蜀江花。

草木零落，美人迟暮。
最后的年月，如鱼饮水，冷暖自知。
唐文宗大和六年（832），薛涛走完了自己的一生。浣花溪畔，她安静地闭上了眼睛。一生的孤苦与清寂，终于画上了句号。她走得很安详。当时的剑南节度使段文昌为她题写了墓志铭。她的墓碑上，刻有"唐女校书薛洪度墓"字样。

岁月无声，偏心而且挑剔。
但总有人，多年以后，仍被岁月念念不忘。
风华绝代的薛涛，便是如此。

朱淑真
好是风和日暖，输与莺莺燕燕

1

生命自有图案，我们只是临摹。

无垠岁月，滚滚红尘，我们皆是过客。

匆匆来，匆匆去，不留痕迹。

看起来，我们可以选择自己的人生，于岁月之上吟诗作画。但其实，人生的许多事，比如聚散离合，比如悲喜浮沉，早已被岁月写好，我们只是经历。许多事，我们无法把握，只好无奈地感叹一声：这就是生活。

在宋代，朱淑真是与李清照齐名的女词人。她是个命运多舛的女子。李清照在经历生离死别后独自度过余生，但毕竟有过清朗淡净的前半生。朱淑真却是一生坎坷，忆来尽是凄寒滋味。

就思想境界来说，朱淑真无法与李清照相提并论。李清照也写儿女情长，但她的笔下还有"九万里风鹏正举"，还有"生当作人杰，死亦为鬼雄。至今思项羽，不肯过江东"。这样的豪放大气，朱淑真是无论如何都做不到的。李清照敢于点评苏轼、欧阳修等人的词，朱淑真必然没有这个勇气。

就填词而言，朱淑真不输李清照。清代评论家陈廷焯说："朱淑真词，风致之佳，情词之妙，真不亚于易安。"朱淑真的词，清婉淡雅，情意绵长，值得品读。

巧云妆晚，西风罢暑，小雨翻空月坠。牵牛织女几经秋，尚多少、离肠恨泪。

微凉入袂，幽欢生座，天上人间满意。何如暮暮与朝朝，更改却、年年岁岁。

事实上，朱淑真还擅长书画，尤其擅长画梅竹。明代画家杜琼看过朱淑真所画梅竹，评价说笔意词语清婉，可谓闺中之秀，女中豪杰。沈周如此点评朱淑真的画："绣阁新编写断肠，更分残墨写潇湘。"

朱淑真，出生于杭州，自号幽栖居士。父亲是个文人，曾任地方官，家境优裕。生于书香门第的朱淑真，自幼聪慧，喜欢读书。十几岁时，她已能书善画，尤其喜欢填词，被许多人称为才女。

她是真正的江南女子、烟雨红颜。她从青石小巷走出，走到湖畔，在湖上泛舟采莲，然后在夕阳西下时分悄然归去。看上去，她依稀就是诗人笔下丁香般结着愁怨的女子。她走出雨巷，却走不出江南。

成年后，忆起年少时，她写过一首《忆秦娥》：

弯弯曲，新年新月钩寒玉。钩寒玉，凤鞋儿小，翠眉儿蹙。

闹蛾雪柳添妆束，烛龙火树争驰逐。争驰逐，元宵三五，不如初六。

她有过无忧无虑的童年。

那时候，她也曾与小姐妹们一起玩闹。

一弯新月，如绣鞋，亦如蛾眉。

火树银花的夜晚，她们笑声不绝。

不知不觉，她已长成了娉婷少女，有了感伤，有了闲愁。豆蔻年华，她有过一段故事。或许是一个文质彬彬的男孩，牵过她的手。或许，他们曾在月光下许愿，说起天长地久。小小的人儿，不知聚散为何物。后来，他们被生活分开，无法见面，她满心愁苦。

翠楼高压浙山头，海角湖光豁醉眸。

万景入帘吹不卷，一般心作百般愁。

学会哀愁，人生才算真正开始。

须知，人生便是一场哀愁接着另一场哀愁。

就像，风的前头是风，雨的上面是雨。

人生之中，风雨凄凄是常态，晴天历历是偶尔；爱而不得是常态，得偿所愿是偶尔。很多故事，最初美好，最后凄凉。终于明白，相逢是偶然，离别才是必然。

独自的日子，朱淑真时常填词。

春光明媚，草长莺飞，她仍在愁绪中。

迟迟春日弄轻柔,花径暗香流。清明过了,不堪回首,云锁朱楼。

午窗睡起莺声巧,何处唤春愁?绿杨影里,海棠亭畔,红杏梢头。

看花花不语,对月月无声。
那样的春天,是寂寞,是水流花谢两无情。
一个人的世界,满眼繁芜。

一瞬芳菲尔许时,苦无佳句纪相思。
春光虽好多风雨,恩爱方深奈别离。
泪眼谢他花缴抱,愁怀惟赖酒扶持。
莺莺燕燕休相笑,试与单栖各自知。

所有的花事,都有终了之时。就像所有的痴情,都有冷却之日。人们说,心里念着一个人,世界就不算凄凉。但那人若杳无音信,等待中的孤独也是难忍的。枝头莺莺燕燕各自欢喜,她说,假如它们独栖枝头,便会明白孤独的滋味。

孤独的时候,她只有酒。

然而,酒入愁肠,终会化作相思泪。

相思如絮,总会随风而起。

2

一生之中,我们会遇见很多人。

有的人给我们欢喜,有的人给我们悲伤。

相见之时,谁也无法预料结局。

世间女子,都会期许,遇见命中注定的良人,将一切安心托付,从此与他不离不弃,生死相依。可惜,那样的良人,或许一生难遇;又或许,即使遇见,也未必能携手度过漫漫人生。许多事,因缘而生,也必因缘而灭。相逢亦是如此。

朱淑真想要的,是一个才子,一身潇洒,风雅深情。让她悲伤的是,父母将她嫁给了一个市井之徒。那个人只是粗通文墨,庸俗至极。朱淑真想要的诗情画意,他不喜欢,也无法给予。他只是个小吏,喜欢钻营,无所事事。他没有诗酒情怀,倒有一身酒气。

对女子来说,遇见对的人,如沐春风;遇见错的人,如陷泥淖。对的人,可以成全她、滋养她;错的人,只会折磨她、毁灭她。很可惜,朱淑真遇见的是后者。她曾经抱有幻想,希望将丈夫雕琢成器,后来她失望了。

一轩潇洒正东偏,屏弃嚣尘聚简编。
美璞莫辞雕作器,涓流终见积成渊。
谢班难继予惭甚,颜孟堪睎子勉旃。
鸿鹄羽仪当养就,飞腾早晚看冲天。

那个男人,没有大志,也没有才华。而且,他粗鄙暴躁,对朱淑真想要的素净清朗总是嗤之以鼻。最初，他去任职，朱淑真还随之前往。后来，忍受不了他的鄙陋，朱淑真不再跟随。他们的心性有着云泥之别，这场婚姻注定是一场悲剧。朱淑真写过一首《春日书怀》：

> 从宦东西不自由，亲帏千里泪长流。
> 已无鸿雁传家信，更被杜鹃迫客愁。
> 日暖鸟歌空美景，花光柳影谩盈眸。
> 高楼惆怅凭栏久，心逐白云南向浮。

起初，他们还有书信往来。

后来，她对他无比厌恶，便不再写信。

她宁愿独自凭栏，独自惆怅。

假如她嫁的是一个风雅之人，他们的日子该是温暖如春的。或许，他们也能寻梅踏雪、赌书泼茶。但那只是她的一厢情愿。最好的年岁，她嫁给了一个庸俗的人，无异于彩凤随鸦。许多日子，她填词写诗、弹琴作画，无人欣赏。因此，她的词里尽是愁绪。比如那首《谒金门》：

> 春已半，触目此情无限。
> 十二阑干闲倚遍，愁来天不管。
> 好是风和日暖，输与莺莺燕燕。
> 满院落花帘不卷，断肠芳草远。

再好的春天，也是别人的。

日暖风和的日子，她的心境总是黯淡的。

独倚栏杆，只有断肠滋味。

李商隐在《为有》一诗中写道："为有云屏无限娇，凤城寒尽怕春宵。无端嫁得金龟婿，辜负香衾事早朝。"同样的春日，诗中的女子抱怨丈夫前去参加早朝，辜负了春宵，但她毕竟是有盼头的。而朱淑真早已没有了期许。她知道，那个男人是个酒肉之徒，不会明白春宵苦短的含义。朱淑真笔下的《蝶恋花》，仍是满纸哀愁：

楼外垂杨千万缕。欲系青春，少住春还去。犹自风前飘柳絮。随春且看归何处。

绿满山川闻杜宇。便做无情，莫也愁人苦。把酒送春春不语。黄昏却下潇潇雨。

细雨霏霏，杜鹃啼血。

那个暮春，她的寥落无人知晓。

朱淑真的丈夫，没有吟风咏月的才华，却有醉卧勾栏瓦舍之癖。他这样的人，配不上"流连风月"这样的字眼。他去青楼，只为寻欢作乐。有时候，他甚至会将青楼女子带回家里，全然不顾朱淑真的感受。

一次，他回到家里，烂醉如泥，吐得满地狼藉。然后，他自顾自地睡去，像一头浑身污秽的猪。另一次，他醉酒后回家，朱淑真抱怨了几句，他便对她拳脚相加。终于，朱淑真不堪忍受，决定离开他。对她来说，离开这个男人，是一种解脱。他也没有挽留，给了她一纸休书。他们本就属于两个世界。

一场噩梦,终于醒了。

只是,醒来的时候,她必须独自生活。

那时候,她写过一首《减字木兰花·春怨》:

独行独坐,独唱独酬还独卧。伫立伤神,无奈春寒著摸人。
此情谁见,泪洗残妆无一半。愁病相仍,剔尽寒灯梦不成。

一个人,无枝可栖。

她只好独自行坐,独自斟酌。

孤独是一杯酒,独自饮下,凉意入骨。又是个春日,她的心情无法拾掇。白日,她伫立小楼,任泪水洗去残妆;夜晚,她辗转难眠,只能一次次剔去灯花。她就像张祜笔下的女子,"斜拔玉钗灯影畔,剔开红焰救飞蛾",漫漫长夜,独饮寂寥。

日子在她手中,像是一首残诗。

没有开头,也没有结尾。

3

不管怎样,她是自由的。

孤寂的日子里,她有诗有酒。

对她来说,文字是最后的栖息之所。

后来,她又遇见一个可心的男子。或许是在西湖之畔,漫步之时,蓦然相遇,刹那倾心。她喜欢他的俊逸风流,他喜欢她的风姿绰约。故事里的两个人,离开了西湖,回到小楼之上。月色溶溶,诗酒酬唱。这才是她想要的生活。

黄梅时节,他们再次来到湖边,携手而行,羡杀旁人。行至僻静处,他们停下来,相依而坐。一番谈笑后,他拥她入怀。他热情似火,她妩媚温柔。那样旖旎的画面,朱淑真如实写在了词里,是一首《清平乐·夏日游湖》:

恼烟撩露,留我须臾住。携手藕花湖上路,一霎黄梅细雨。
娇痴不怕人猜,和衣睡倒人怀。最是分携时候,归来懒傍妆台。

于她,爱情是一场烟雨。
她喜欢那细雨中的温柔,也喜欢那良宵中的缠绵。
因为有他,她的生命里尽是明丽。
元宵之夜,月满人间,他们携手观灯。走在人群里,却仿佛整个世界只有他们两个人。相爱的时候往往是这样,对方便是全世界。那夜,她写了首《元夜》:

火树银花触目红,揭天鼓吹闹春风。
新欢入手愁忙里,旧事惊心忆梦中。
但愿暂成人缱绻,不妨常任月朦胧。
赏灯那得工夫醉,未必明年此会同。

人缱绻,月朦胧。
如果可以,她希望这样的画面永不褪色。

可惜，这愿望终是落空了。

靖康之变发生后，整个大宋王朝只剩凌乱。江山沦丧，百姓流离，时光沉默不语。很不幸，乱世之中，朱淑真与心爱的男子走散了。失去他，她仿佛失去了全世界。

苏轼说"此生此夜不常好，明月明年何处看"；欧阳修说"今年元夜时，月与灯依旧。不见去年人，泪满春衫袖"。许多离别，都会在不经意间发生。同样的明月之夜，无人做伴，朱淑真没了观灯的心情。

斜风细雨的春日，她自斟自酌。

往事像是一座城，住着两个相爱的人。

但那，只是往事，不堪回首。

赏春后，她作了首《江城子》，不见春意，只见悲伤。

斜风细雨作春寒。对尊前，忆前欢。曾把梨花、寂寞泪阑干。芳草断烟南浦路，和别泪，看青山。

昨宵结得梦夤缘。水云间，悄无言。争奈醒来、愁恨又依然。展转衾裯空懊恼，天易见，见伊难！

刘方平说："寂寞空庭春欲晚，梨花满地不开门。"无人做伴的春天，是苍白和寥落的。青山绿水、草树红花，她都无心过问。夜晚，她梦见了他，相对无言，但无言也欢喜。梦醒之后，愁绪依旧。一别，便是天涯。她作《生查子》，寄托凄凉：

寒食不多时，几日东风恶。无绪倦寻芳，闲却秋千索。

玉减翠裙交，病怯罗衣薄。不忍卷帘看，寂寞梨花落。

朱淑真的父母从不以她的才情为傲。事实上，他们宁愿她只是个寻常女子，嫁一个稳重的人，安然度日。可她，偏偏是个才华满腹的女子。她要的，有烟火幸福，也有诗酒风月。

在父母看来，朱淑真已让全家蒙羞。于是，他们烧掉了她的诗词，将她的诗情画意烧成了灰烬。那时候，朱淑真总结人生，写了首《自责》：

女子弄文诚可罪，那堪咏月更吟风。
磨穿铁砚成何事，绣折金针却有功。
闷无消遣只看诗，不见诗中话别离。
添得情怀转萧索，始知伶俐不如痴。

可是，这一生，她注定是个词人。

庸常的现实，承受不了她的满腹诗才。

淳熙九年（1182），范成大的好友魏仲恭经过杭州，偶然间读到朱淑真的词，为其才情折服，于是收集她的词，编成了一卷《断肠集》。魏仲恭在序言中写道："比往武林，见旅邸中好事者往往传诵朱淑真词，每窃听之，清新婉丽，蓄思含情，能道人意中事，岂泛泛者所能及，未尝不一唱而三叹也。"他算是朱淑真的知音。可惜，他路过杭州的时候，朱淑真已离世多年。

命运不济，一生坎坷。朱淑真的人生，历尽萧索，最终凄然而逝。乱世之中，她只如飘零草木。遇见称心如意之人，却以离别为结局。忆起往事,她总有断肠滋味。

心比天高,命如纸薄。

对她来说,人生是一场寂寞的修行。

红颜多薄命,果然如此。

题记

宦海沉浮：陋室檐下，古今天地、英雄豪杰，皆在笔端；词牌之下，流连章台，琴、棋、书、画、诗、酒、花。仕途之外寻寄托，谁更拿手？

第十九回合

刘禹锡 PK 周邦彦

吾有陋室，吾有风月

刘禹锡
旧时王谢堂前燕,飞入寻常百姓家

1

箪食,瓢饮,陋巷。

对颜回来说,这样的生活足以安乐。

活在世间,最重要的是精神。精神富足的人,即使是野径茅庐、浊醪粗饭,也能自得其乐。人生,终是一场流浪,最好的状态是,带着微薄的行李和丰盛的自己。

在唐代的诗人里,除了李白,没有几个人比刘禹锡更豪放,更旷达。他的一生可谓坎坷,仕途之上屡次被贬,但他始终豪放,笑对人生。或许是这样,只要心里有光,无论处境如何,都能从容应对。他那篇《陋室铭》,值得一遍遍品读:

山不在高,有仙则名。水不在深,有龙则灵。斯是陋室,惟吾德馨。苔痕上阶绿,草色入帘青。谈笑有鸿儒,往来无白丁。可以调素琴,阅金经。无丝竹之乱耳,无案牍之劳形。南阳诸葛庐,西蜀子云亭。孔子云:何陋之有?

唐代宗大历七年（772），刘禹锡出生，与白居易同岁。据说，刘禹锡出生前，其母曾梦见大禹赐给她家一个儿子，不久后刘禹锡出生，父亲借《禹贡》中"禹锡玄圭，告厥成功"之句为他取名禹锡。

刘禹锡天生聪慧，自小喜欢读书，又拜诗僧灵澈和皎然为师，学业进步很快，也学会了吟诗作赋。灵澈诗才不菲，写过一首《天姥岑望天台山》："天台众峰外，华顶当寒空。有时半不见，崔嵬在云中。"皎然是谢灵运的十世孙，其诗清雅脱俗，比如那首《寻陆鸿渐不遇》：

移家虽带郭，野径入桑麻。
近种篱边菊，秋来未著花。
扣门无犬吠，欲去问西家。
报道山中去，归时每日斜。

十九岁前后，刘禹锡游历于长安和洛阳等地，参加了不少雅集和饮宴，其才华让无数人折服。那时候，他已是才名远播的诗人。

贞元九年（793），刘禹锡参加科考，进士及第。与他同时及第的还有柳宗元，两人遂成了一生的至交。那年，刘禹锡又参加博学宏词科，顺利登第。两年后，他又通过吏部取士科走入了仕途，被任命为太子校书。

考中进士后，刘禹锡完成了自己的终身大事，二十二岁的他娶了裴氏为妻。裴氏秀雅温柔，刘禹锡甚是满意。婚后两人相敬如宾，情深意笃。

贞元十六年（800），刘禹锡曾在淮南节度使杜佑幕中任掌书记。三年后，他被调回京城，任监察御史。彼时，韩愈、柳宗元皆在御史台，三人过从甚密，闲暇时经常诗酒酬唱。那时候，春风得意的刘禹锡写过一首《赏牡丹》：

庭前芍药妖无格，
池上芙蕖净少情。
唯有牡丹真国色，
花开时节动京城。

贞元二十一年（805），唐德宗驾崩。太子李诵即位，即唐顺宗。大唐此时的境况是，外有藩镇割据，内有宦官专权，官僚肆意妄为。对此，即位不久的顺宗立志改革弊政。于是，他重用王叔文和王伾，策划改革。年轻的刘禹锡和柳宗元皆是意气风发的青年，对腐败的政权甚是不满，于是加入了王叔文的改革集团。

然而，此次改革触犯了藩镇以及旧官僚的利益，不到半年就因被保守势力反扑而宣告失败。唐顺宗被迫禅位给太子李纯，是为唐宪宗。王叔文被赐死，王伾被贬出京，于途中病故。刘禹锡和柳宗元等八人被贬出京，刘禹锡被贬为朗州（今湖南常德）司马，柳宗元被贬为永州司马。这就是著名的"二王八司马"事件。

对刘禹锡来说，那几年是极不平顺的。除了被贬出京，他还经历了妻子离世的悲伤。其后，刘禹锡又续娶了福州刺史薛謇之女。薛氏也是个温柔娴雅的女子，知冷知热，在刘禹锡被贬朗州的岁月里，她给了他无限的温暖和慰藉。然而，八年后，薛氏也不幸离世了。刘禹锡悲恸欲绝，写了两首悼亡诗：

悒悒何悒悒，长沙地卑湿。
楼上见春多，花前恨风急。
猿愁肠断叫，鹤病翘趾立。
牛衣独自眠，谁哀仲卿泣。

郁郁何郁郁，长安远如（于）日。
终日念乡关，燕来鸿复还。
潘岳岁寒思，屈平憔悴颜。
殷勤望归路，无雨即登山。

  人生聚散，只如云舒云卷。许多事情，会在我们毫无防备的时候发生。往往，我们说着随缘，还是忍不住悲伤。旷达的刘禹锡，在妻子离世的时候，也曾泪如雨下。正所谓：男儿有泪不轻弹，只因未到伤心处。

  被贬出京的次年，宪宗宣布大赦天下。然而，刘禹锡和柳宗元并不在赦免之列。尽管如此，刘禹锡并未灰心丧气。在贫瘠的朗州，他仍旧潇洒度日。很快，他就与刺史宇文宿以及名士董颋、顾彖成了好友。

  得空的时候，刘禹锡常与朋友们相约同游，也会临风把酒，谈古论今。中秋之夜，他们相约赏月。推杯换盏之间，刘禹锡作了首《八月十五日夜桃源玩月》：

  尘中见月心亦闲，况是清秋仙府间。

凝光悠悠寒露坠，此时立在最高山。
碧虚无云风不起，山上长松山下水。
群动倏然一境中，天高地平千万里。
少君引我升玉坛，礼空遥请真仙官。
云軿欲下星斗动，天乐一声肌骨寒。
金霞昕昕渐东上，轮欹影促犹频望。
绝景良时难再并，它年此日应惆怅。

对诗人来说，有月亮就有归途。

当然，那样的夜晚，刘禹锡定会想起远方的朋友。

比如柳宗元，比如白居易。

元和十年（815），刘禹锡和柳宗元被召回了朝廷。然而，不久他们又因事被贬。刘禹锡被贬为连州刺史。母亲离世后，刘禹锡离开了连州。此后，他又任夔州（今重庆奉节）刺史。长庆四年（824），刘禹锡改任和州（今安徽和县）刺史。从夔州到和州的途中，经过西塞山时，刘禹锡作了首《西塞山怀古》：

西晋楼船下益州，金陵王气黯然收。
千寻铁锁沉江底，一片降幡出石头。
人世几回伤往事，山形依旧枕寒流。
今逢四海为家日，故垒萧萧芦荻秋。

两年后，刘禹锡奉诏回洛阳。

途经金陵，抚今追昔，他写了《金陵五题》。

其中一首便是著名的《乌衣巷》：

朱雀桥边野草花，乌衣巷口夕阳斜。
旧时王谢堂前燕，飞入寻常百姓家。

大和元年（827），刘禹锡任东都尚书。此后，他又先后任主客郎中、集贤殿学士、礼部郎中、苏州刺史、汝州刺史等职。后来那些年，他的生活极为平顺。闲时，他常与白居易、裴度等人饮酒赋诗、品茗对弈，甚是悠闲。

那时候，时为司空、曾写过《悯农》的诗人李绅仰慕刘禹锡，邀请他到自己家中做客。筵席上，李绅命歌伎助兴。刘禹锡作了首《赠李司空妓》："高髻云鬟宫样妆，春风一曲杜韦娘。司空见惯浑闲事，断尽苏州刺史肠。"意思是，李绅作为司空，见惯了这种场面，刘禹锡自己则是大开眼界。这就是"司空见惯"的来历。

会昌二年（842），刘禹锡于洛阳病故。那位豪放旷逸的诗人，终于在悠然中走完了自己的一生。回望平生之事，坎坎坷坷，像极了诗词中的平平仄仄。

原本，人生就是一首无韵之诗。

所有的悲喜浮沉，皆是平仄。

只是，这首诗太难懂。

2

刘禹锡是个可爱的人。

他的诗大气磅礴,一如他的性格。

即使身处逆境,他也能笑着生活,不疾不徐。

被贬出京,许多人都会心境黯淡。而刘禹锡,仍是那副满不在乎的样子。恰逢秋日,西风满目,落木萧萧。在许多人感叹秋凉的时候,他却在诗中写出了高旷:

自古逢秋悲寂寥,我言秋日胜春朝。
晴空一鹤排云上,便引诗情到碧霄。

写的是秋天,表达的是人生境界。对他来说,秋日甚至比春天更美,有天高云淡,有鹤啸九天。越是身处逆境,就越应是修心之时。顺畅之时,我们会因得意而忘记数点得失。身处逆境,我们有足够的时间来思考、体悟人生,学会随缘,学会淡然。

那时的柳宗元,被贬柳州,心境黯淡。冬日里,飞雪满城,他写下了那首《江雪》:"千山鸟飞绝,万径人踪灭。孤舟蓑笠翁,独钓寒江雪。"想必,同样的冬天,刘禹锡会约三两好友围炉对酒、踏雪寻梅。

被贬朗州十年,刘禹锡基本是在风月诗酒中度过的。十年后,四十四岁的刘禹锡被召回了长安。三月,和几位好友同游玄都观,刘禹锡作了首《元和十年自朗州承召至京戏赠看花诸君子》:

紫陌红尘拂面来,无人不道看花回。
玄都观里桃千树,尽是刘郎去后栽。

因为这首诗有讽刺朝廷新权贵之嫌,刘禹锡很快又被贬为连州刺史。而柳宗元也受池鱼之殃被贬为柳州刺史。宝历二年(826),五十五岁的刘禹锡被召回洛阳,次年任东都尚书。不久后,他被调回京城任主客郎中。春江水暖的日子,他再次于玄都观游赏。那时候,当年的种桃道士已不在,玄都观尽是荒烟蔓草。忆起那些年的遭遇,刘禹锡作了首《再游玄都观》:

百亩中庭半是苔,桃花净尽菜花开。
种花道士归何处?前度刘郎今又来。

这首诗,读起来的感觉是:"多次贬谪又如何,你爷爷我又回来了!"被贬二十余年,他豪情不减当年,仍是那个豪迈倔强的刘梦得。仕途偃蹇,人生坎坷,他都可以用一颗平常心去化解。也因此,他活得不累。

在夔州刺史任上,刘禹锡也时常流连于山水之间。对他来说,有山有水,有诗有酒,生活就不会空虚苍白。那时候,他的一首《竹枝词》写得清新淡雅,读来余味悠长:

杨柳青青江水平,闻郎江上唱歌声。
东边日出西边雨,道是无晴却有晴。

那年,刘禹锡被召回洛阳,在扬州偶遇白居易。一别多年,他们把酒酬唱,倾谈人生浮沉之事。筵席之上,白居易在那首《醉赠刘二十八使君》中写道:"举眼风光长寂寞,满朝官职独蹉跎。亦知

合被才名折,二十三年折太多!"刘禹锡唱和了一首《酬乐天扬州初逢席上见赠》:

巴山楚水凄凉地,二十三年弃置身。
怀旧空吟闻笛赋,到乡翻似烂柯人。
沉舟侧畔千帆过,病树前头万木春。
今日听君歌一曲,暂凭杯酒长精神。

这首诗的颔联用了两个典故。晋代时,嵇康与吕安被司马氏杀害,好友向秀经过二人故居时,听到有人吹笛,感慨之余,作了篇《思旧赋》,表达了对故友的怀念。诗中的"烂柯人"典出《述异记》。晋人王质为樵夫,在山中砍柴时见两个童子下棋,他在旁边静观许久,最后发现斧柄已朽坏。后来他才知道,时间已过去了百年。刘禹锡写此句,表达了对王叔文等人的怀念。

被贬二十余年,是一段漫长而荒凉的岁月。但刘禹锡始终保持着乐观积极的心态,该饮酒便饮酒,该写诗便写诗。或许,对他而言,足迹所至,俱是归途。白居易说"举眼风光长寂寞,满朝官职独蹉跎",刘禹锡则说"沉舟侧畔千帆过,病树前头万木春"。旷达的刘禹锡,劝慰好友莫为人生坎坷而忧愁。如此豁达的刘禹锡,实在令人敬佩。

人生中,泥淖常有,阴雨常有。

但是,只要心中有光,总有云开日出的时候。

暮年时,刘禹锡和白居易虽无比闲适,但都患有眼疾,而且行动不便。白居易写了首《咏老赠梦得》,诗中写道:"与君俱老也,自问老何如？眼涩夜先卧，头慵朝未梳。有时扶杖出，尽日闭门居。懒照新磨镜，休看小字书。"刘禹锡很快便回复了一首《酬乐天咏老见示》：

人谁不顾老，老去有谁怜？身瘦带频减，发稀冠自偏。
废书缘惜眼，多灸为随年。经事还谙事，阅人如阅川。
细思皆幸矣，下此便翛然。莫道桑榆晚，为霞尚满天。

白居易曾在诗中写道："我生本无乡，心安是归处。"多年后，苏东坡被贬黄州，生活困顿，但他豪情不改，在词里写道："归去，也无风雨也无晴。"活在人间，就要有烟雨任平生的勇气和气概。苏轼的模样，也正是刘禹锡的模样。心安则身安，刘禹锡了然于心。

已至暮年，刘禹锡仍旧豁达。

对于豁达之人，悲欢离合皆是闲事。

甚至，生老病死亦是闲事。

3

刘禹锡喜欢交友。

柳宗元、白居易，都是他的至交。

为了朋友，哪怕两肋插刀，他也在所不辞。

刘禹锡与比他小一岁的柳宗元同年进士及第，从此成了至交，流连诗酒之外，也常相互照拂。刘禹锡对朋友一腔热忱，朋友们对他亦是如此。在朗州时，刘禹锡曾身染重病，卧床不起。闻讯后，柳宗元立即从永州寄去药方，还请了著名的大夫君素和尚为其医治。

元和十年（815），刘禹锡因写那首《元和十年自朗州承召至京戏赠看花诸君子》得罪朝臣被贬播州（今属贵州遵义），其地荒蛮苦寒，柳宗元担心刘禹锡的母亲经受不住，数次上书，请求与刘禹锡互换贬谪之地。结果，刘禹锡被改贬连州，宪宗念及柳宗元情义，将其贬为柳州刺史。

刘禹锡与柳宗元同行数日，行至衡阳，他们以诗相赠，然后挥手作别。柳宗元作了首《衡阳与梦得分路赠别》，刘禹锡作了首《再接连州至衡阳酬柳柳州赠别》：

十年憔悴到秦京，谁料翻为岭外行。
伏波故道风烟在，翁仲遗墟草树平。
直以慵疏招物议，休将文字占时名。
今朝不用临河别，垂泪千行便濯缨。

去国十年同赴召，渡湘千里又分歧。
重临事异黄丞相，三黜名惭柳士师。
归目并随回雁尽，愁肠正遇断猿时。
桂江东过连山下，相望长吟有所思。

写完这两首诗，他们仍旧意犹未尽。于是又各写了一首。刘禹锡说："耦耕若便遗身老，黄发相看万事休。"柳宗元则说："皇恩若许归田去，岁晚当为邻舍翁。"意思是，假如皇帝允许，暮年时你我隐退林泉，结邻而居。自然，这也是刘禹锡的愿望。可惜的是，这个愿望最终落空了。倒是白居易,晚年与刘禹锡住得很近。

  他们都没有料到,那场离别竟是永别。元和十四年(819),柳宗元病故于柳州。好友去世,刘禹锡心痛无比。忆起从前同游共醉的画面,像是一场梦。他写了《重至衡阳伤柳仪曹》,诗中写道:"千里江蓠春,故人今不见。"其后,他又写了《祭柳员外文》《重祭柳员外文》等文章,对好友表示哀悼。刘禹锡还写信请韩愈为柳宗元撰写墓志铭。

  世间之人,都喜欢说来日方长。

  然而,真实的情况是,世事无常,聚散难料。

  说好的重逢,总是难以兑现。

  离世之前,柳宗元写信将自己的诗文和儿子都托付给了刘禹锡。他知道,作为至交,刘禹锡是靠得住的。后来,刘禹锡将柳宗元的诗文编纂成了《河东先生集》。至于柳宗元的儿子,刘禹锡视如己出,养育他长大,教他读书,不敢有丝毫懈怠。真正的朋友,该是如此。

  除了柳宗元,刘禹锡与同龄的白居易亦是至交好友。暮年的他们,时常把酒论诗,酬唱的诗有百余首。白居易还特意编了《刘白唱和集》。白居易曾写过一首《赠梦得》:

…………

寻花借马烦川守,弄水偷船恼令公。
闻道洛城人尽怪,呼为刘白二狂翁。

  六十九岁那年,白居易患病,卧床多日,险些离世。病愈之后,他反省了自己的生活,遣散了家中侍妾,开始专心研究佛法和老庄之学。樊素不愿离开,但还是被白居易遣走了。白居易在诗中写道:"病共乐天相伴住,春随樊子一时归。"

人至暮年,白居易已无风月之心。那时的他,只想将自己交给佛法,在佛经中了断前尘往事。他甚至为自己写好了墓志铭。白居易遣散诸侍妾的时候,刘禹锡写了首《和乐天别柳枝》调侃老友:

轻盈袅娜占年华,舞榭歌台处处遮。
春尽絮飞留不得,随风好去落谁家?

这首诗的大意是,正值青春年少的樊素,在离开白居易之后应该不会寂寞。只是不知,这个娉娉袅袅的女子会落入何人之手。对此,白居易倒也不以为意,他写了首《前有别柳枝绝句,梦得继和云"春尽絮飞留不得,随风好去落谁家",又复戏答》:

柳老春深日又斜,任他飞向别人家。
谁能更学孩童戏,寻逐春风捉柳花。

近七十岁的他们,都只愿活得平静。
从前那些风流缱绻的往事,只是偶尔忆起。
会昌二年(842),刘禹锡因病离世,白居易甚是悲伤。他写了《哭刘尚书梦得二首》,不知不觉,已是老泪纵横。十一年前,元稹离世。如今,刘禹锡也去世了。白居易的世界几近荒芜,白发苍苍的他甚觉孤独。他在诗中写道:"贤豪虽殁精灵在,应共微之地下游。"意思是，你虽离开了红尘，但地下还有我的好友元微之伴你。

七十一岁，不算短寿。最重要的是，生于尘世，刘禹锡始终乐观豁达。不沮丧、不沉沦、不悲伤，这就是他的人生态度。活在人间，他始终是那个笑看风云的样子。七十一年，他从未辜负岁月。对他来说，流浪即是回归。所以，他被称作诗豪。

他走了，去了很远的地方。

也可以说，他只是回到了岁月深处。

其实，他从未走远。

周邦彦
此时情绪此时天，无事小神仙

1

他是婉约派代表人物。

他被王国维称为"词中的杜甫"。

他便是周邦彦，字美成，号清真居士。

风流恣肆，放荡不羁，这就是周邦彦。他喜欢吟诗作赋，更喜欢流连风月，游走于烟街柳巷，与歌女舞姬诗酒相与。就此来说，他可谓另一个柳永。

他多年为官，虽不曾显达，但日子也算平稳。不过，在人们的印象中，他是个文人，是个吟风弄月的词人，词风婉约华美。南宋词人沈义父说："凡作词，当以清真为主，盖清真最为知音，且无一点市井气，下字运意，皆有法度，往往自唐、宋诸贤诗句中来，而不用经史中生硬字面，此所以为冠绝也。"清代文人彭孙遹说："美成词如十三女子，玉艳珠鲜，政未可以其软媚而少之也。"

实际上，周邦彦还是个音乐家。他精通音律，曾于宋徽宗时提举大晟府，负责词曲编创，以为朝廷所用。周邦彦痴迷音律，以周瑜自比,还将自己的书房取名为"顾曲堂"。

据《三国志·周瑜传》载,周瑜对音律有极高的造诣,即使是半醉之时,他也能听出乐师的失误。每次听出,他必会回头提醒弹琴之人。

周瑜和孙策曾前往拜访名士乔玄。乔玄让女儿大乔和小乔为他们弹琴。小乔天姿国色,对周瑜仰慕已久,又听闻周瑜有闻错回顾之好,于是在弹琴的时候,故意不断弹错,周瑜便不断回头。后来,心有灵犀的两人终于喜结连理。这就是"曲有误,周郎顾"的典故。

唐代诗人李端也有过类似的经历。他常在驸马郭暧府中做客。一次,郭暧大摆宴席,李端再次受邀出席,席间少不了歌舞助兴。那日,李端与一个弹筝的歌女偶然间四目相对,彼此倾心。弹筝的时候,歌女故意弹错几个音,李端也因此数次回眸。

他们的眉目传情被郭暧看在眼里。一曲弹罢,郭暧让李端作诗一首,以听筝为题。李端思索片刻,作了一首五绝《听筝》:"鸣筝金粟柱,素手玉房前。欲得周郎顾,时时误拂弦。"其后,郭暧将那歌女赐给了李端。

尼采说,没有音乐的人生将是一场错误。

对周邦彦来说,词是一个世界,而音乐,是一座花园。

踏足其中,他可以安坐月下,陶然忘机。

当然,最让他满意的,还是词。

夜色催更,清尘收露,小曲幽坊月暗。竹槛灯窗,识秋娘庭院。笑相遇,似觉琼枝玉树相倚,暖日明霞光烂。水盼兰情,总平生稀见。

画图中、旧识春风面。谁知道、自到瑶台畔。春恋雨润云温,苦惊风吹散。念荒寒、寄宿无人馆。重门闭、败壁秋虫叹。怎奈向、一缕相思,隔溪山不断。

周邦彦的词,多写离愁别绪。这首《拜星月慢》,写神游故地,得遇故人。词中的女子如凌波仙子,于竹院灯窗徘徊。相见之时,她偎在他身边,如一缕朝霞。

她美得惊艳,是他生平未见的模样。然而,一场相逢终以离别结束,风流云散。别后,他恍如身在荒野。一片秋蛩声里,相思难绝。可惜,关山迢递,相见无期。

相逢如歌,却是一首悲歌。

离别发生时,所有温暖都会化作凄凉。

周邦彦擅长调,每一首都是一个完整的故事。

比如,下面这首《瑞龙吟》:

章台路。还见褪粉梅梢,试花桃树。愔愔坊曲人家,定巢燕子,归来旧处。

黯凝伫。因念个人痴小,乍窥门户。侵晨浅约宫黄,障风映袖,盈盈笑语。

前度刘郎重到,访邻寻里,同时歌舞。唯有旧家秋娘,声价如故。吟笺赋笔,犹记燕台句。知谁伴、名园露饮,东城闲步。事与孤鸿去。探春尽是,伤离意绪。官柳低金缕。归骑晚、纤纤池塘飞雨。断肠院落,一帘风絮。

章台，在诗词中多指风月之地。

从前，他们相见相知；后来，他们两无消息。

相见时有多美，离别后就有多愁。

那个春日，他走向她从前的小楼，伫立许久，不见那玲珑可人的女子。从前，他们柔情缱绻，她笑得灿烂。而如今，他不知她身在何处。正如崔护诗中所写："人面不知何处去，桃花依旧笑春风。"桃花开得再好，无人共赏，终是一场美丽的伤。柔情似水，佳期如梦，过去了就真的过去了，无法重来。

离开的时候，细雨霏霏，打湿了衣襟。

断肠院落，一帘风絮。

同样是雨中，心境明亮的时候，笔下是这样：

耕人扶耒语林丘，花外时时落一鸥。
欲验春来多少雨，野塘漫水可回舟。

耕者忙碌，鸥鸟清闲。

细雨之中，春水深处，他可以悠然泛舟。

这画面，才是他喜欢的。

2

周邦彦出生于杭州。

那里，好风吹落日，流水引长吟。

那里，水光潋滟晴方好，山色空蒙雨亦奇。

当时的周家,家境优渥,藏书万卷。周邦彦的父亲周原嗜好读书,而且颇有仪式感。每日清晨,他总会沐浴焚香,对着满屋的藏书叩拜。别人问他原因,他说叩拜的是历代圣贤。

周邦彦少时疏狂懒散,生活放浪,但是受父亲影响,酷爱读书,焚膏继晷。十几岁时,他已饱览百家,才气纵横,尤其喜欢填词。不过,因为作风散漫,不拘礼法,他被地方官鄙夷,未能获得乡试资格。

元丰二年(1079)秋,神宗下诏,增加太学生名额。二十四岁的周邦彦来到汴京,成为太学外舍生。年轻的他,在杭州时已习惯了纵情风月的生活。来到汴京,见满目繁华,更是时常流连于勾栏瓦舍。那时候,他作过多首风月词,大都旖旎浓艳,比如这首《凤来朝》:

逗晓看娇面,小窗深、弄明未遍。爱残朱宿粉云鬟乱。最好是、帐中见。

说梦双蛾微敛。锦衾温、兽香未断。待起又如何拚。任日炙、画栏暖。

另外,他在《花心动》中写道:"兰袂褪香,罗帐寒红,绣枕旋移相就。海棠花谢春融暖,偎人恁、娇波频溜。象床稳,鸳衾漫展,浪翻红绉。"还说:"梅萼露、胭脂檀口。从此后、纤腰为郎管瘦。"词句之肆意大胆,令人咋舌。

混迹风月,转眼过了四年。元丰六年(1083),周邦彦向神宗进献《汴都赋》,被召至政事堂。这篇赋里,生僻字甚多。神宗命翰林学士李清臣当众朗诵,其中的很多字李清臣不认得,甚是尴尬。

因为这篇赋,周邦彦名震天下。次年,他被任命为试太学正。此后数年,他未获升迁,致力于诗词创作。忆起故乡,他作了首《苏幕遮》:

燎沉香,消溽暑。鸟雀呼晴,侵晓窥檐语。叶上初阳干宿雨,水面清圆,一一风荷举。

故乡遥,何日去。家住吴门,久作长安旅。五月渔郎相忆否。小楫轻舟,梦入芙蓉浦。

故乡,永远是我们灵魂所系之地。

然而,很多时候,我们只能用遥远来形容故乡。

有人说,远方是我们最丰盛的地方;也有人说,远方是我们一无所有的地方。海子说:"你从远方来,我到远方去,遥远的路程经过这里。"我们的远方,正是别人的故乡,反之亦然。去了远方,故乡便成了异乡。

许多日子,周邦彦都在怀念故土。

小桥流水,平湖秋月,他都无比怀念。

自然,他也怀念落日下的扁舟。

数年后,周邦彦被排挤出京,先后在庐州(今安徽合肥)、荆州、溧水等地任职。溧水隶属于江宁,周邦彦在这里曾作《西河·金陵怀古》:

佳丽地,南朝盛事谁记。山围故国绕清江,髻鬟对起。怒涛寂寞打孤城，风樯遥度天际。

断崖树，犹倒倚。莫愁艇子曾系。空余旧迹郁苍苍，雾沉半垒。夜深月过女墙来，伤心东望淮水。

酒旗戏鼓甚处市。想依稀、王谢邻里。燕子不知何世。入寻常、巷陌人家，相对如说兴亡，斜阳里。

金陵，曾经无比繁华。

后来，王朝覆灭，繁华凋落如尘土。

刘禹锡诗云："旧时王谢堂前燕，飞入寻常百姓家。"往往是这样，热闹会走向寂静，繁华会逐渐萧瑟。曾经的六朝古都，到后来只是一座寻常的城市。曾经的皇宫大内，后来走过的都是市井闲人。岁月的笔，最是犀利和冷漠。

绍圣四年（1097），周邦彦被召回朝，任国子监主簿。次年，他奉命再诵《汴都赋》，其后被授予秘书省正字之职。宋徽宗即位后，他又先后任考功员外郎、宗正少卿等职。徽宗设立大晟府，周邦彦负责谱制词曲，供朝廷歌舞之用。

后来，因为性情孤傲，周邦彦受到宰相蔡京的排挤，被逐出朝廷，任真定府（今河北正定）知府。不久，他又迁任顺昌（今安徽阜阳）知府。

仕途颠簸，四处辗转，他早已厌倦。

终究，他是个文人。诗情画意才是他想要的。

他那首《鹤冲天》让人爱不释手：

梅雨霁，暑风和。高柳乱蝉多。小园台榭远池波。鱼戏动新荷。

薄纱幮，轻羽扇。枕冷簟凉深院。此时情绪此时天，无事小神仙。

活在世间，人们总念着拥有。实际上，很多东西，不拥有便是幸福。无病无灾，无忧无虑，这才是我们需要的。良田广厦、宝马香车，都比不上一个健康的身体。

无事小神仙，这是可遇不可求的境界。杜荀鹤说"逢人不说人间事，便是人间无事人"；韦应物说"闲居寥落生高兴，无事风尘独不归"；赵秉文说"但教有酒身无事，有花也好，无花也好，选甚春秋"。

心中无俗事挂碍，所见俱是佳景，所闻皆为清音。

可惜，为了生活，世人总在奔忙不息。

因为奔忙，忘记了真正的生活。

宣和三年（1121），周邦彦离世，时年六十六岁。后来，他被葬于杭州南荡山。他从江南出发，最终回到了江南。仕途起落，人生悲喜，都付与一抹烟水。

我们终将如一叶浮萍，归于大海。

曾经，世事凌乱，我们感叹人间所事堪惆怅。

最后，终于明白，世事如尘。

领悟，即是人生的圆满。

3

才华横溢是他。

风流不羁，倚红偎翠，也是他。

稗官野史中，有不少关于他的风流韵事。

据说，在姑苏时，周邦彦曾与歌伎岳楚云有情。或许，岳楚云就如周邦彦词中所写："剪水双眸云半吐。醉倒天瓢，笑语生青雾。"后来，周邦彦重到姑苏，得知岳楚云已嫁人，甚是感伤。一次，参加宴席，周邦彦见到了岳楚云的妹妹，作了首《点绛唇》。据说，岳楚云见到这首词，悲伤了许久：

辽鹤归来，故乡多少伤心地。寸书不寄。鱼浪空千里。
凭仗桃根，说与相思意。愁无际。旧时衣袂。犹有东风泪。

关于周邦彦，人们最熟悉的是他与李师师的故事。

李师师为北宋末年名妓，生于汴京。她是个倾城倾国的女子，无数王孙公子、文人雅士慕名造访，只为一睹其芳容。而她只对性情高逸、才情卓绝的男子青眼有加。周邦彦与李师师则是彼此垂青。他喜欢她的风华绝代，她欣赏他的旷逸风流。据说，周邦彦那首《一落索》就是为李师师而作：

眉共春山争秀。可怜长皱。莫将清泪湿花枝，恐花也、如人瘦。
清润玉箫闲久。知音稀有。欲知日日倚阑愁，但问取、亭前柳。

因为彼此欣赏，周邦彦常去李师师的小楼，与之把酒倾谈，听她抚琴，为她作词。对他们来说，得遇彼此是人生幸事。让李师师无奈的是，在对她垂涎不已的人里面，有个人叫赵佶。他身为九五之尊，久闻李师师之名，便携兴而往。李师师只是个风尘女子，无法拒绝天子。后来，徽宗时常微服去到李师师的住处，往往凌晨才悄然回宫。

一次，李师师正与周邦彦琴酒相酬，突然闻听徽宗驾到，周邦彦吓得躲到了床底下。徽宗与李师师分食鲜橙后，自有一番旖旎。周邦彦在床下大气不敢出，滋味可想而知。次日，他作了首《少年游》：

并刀如水，吴盐胜雪，纤手破新橙。锦幄初温，兽香不断，相对坐吹笙。

低声问向谁行宿，城上已三更。马滑霜浓，不如休去，直是少人行。

欢情过后，李师师问徽宗，今夜宿于何处。已是三更时分，霜重路滑，街上已少有人行走。李师师心知徽宗必须回宫，却故意说不如留下，其实有提醒对方离开的意思。毕竟，陪伴天子，她并非心甘情愿。她愿意深情与之的，是周邦彦这样的才子。

后来，宋徽宗再访，李师师不慎将这首词唱了出来。宋徽宗问作者，李师师只得以实相告。不久后，周邦彦被贬出了京城。但故事并未结束。周邦彦离京时，李师师曾去送行。回去后，恰好宋徽宗到访。得知她去送周邦彦，宋徽宗问她，周邦彦有没有近作，李师师说有一首《兰陵王·柳》：

柳阴直，烟里丝丝弄碧。隋堤上、曾见几番，拂水飘绵送行色。

登临望故国。谁识,京华倦客。长亭路,年去岁来,应折柔条过千尺。

闲寻旧踪迹。又酒趁哀弦,灯照离席。梨花榆火催寒食。愁一箭风快,半篙波暖,回头迢递便数驿,望人在天北。

凄恻。恨堆积。渐别浦萦回,津堠岑寂。斜阳冉冉春无极。念月榭携手,露桥闻笛。沉思前事,似梦里,泪暗滴。

那日,李师师为徽宗唱了这首词。

徽宗听罢,被周邦彦的才情折服,又将他召回了京城。

周邦彦与李师师之间的故事,源于野史,真假难辨。不过,宋徽宗贪图享乐,有负江山社稷是可以确定的。身为皇帝,他不思进取,纵情声色。在他统治期间,不断爆发起义,北有宋江,南有方腊,社会动乱。最终,在一场叫作"靖康之变"的动乱中,北宋覆灭,他被押至北方,后来死于苦寒的五国城。北宋为金所灭时,周邦彦已离世六载。

周邦彦是个放纵不羁的才子,喜欢游走山水,也喜欢流连风月。人生多舛,只有烟花巷陌能给他真实的快乐。他的词里,有花前月下,有别恨离愁;有前尘旧事,有沧海桑田。可以说,每一首都是故事。

后来,故事结束了。

他带着自己的故事,去了远方。

只剩一个萧疏的背影。

题 记

  时代洪流中的微光：韦庄，大唐的送行者；蒋捷，雅宋的送行者。他们险些被时光遗忘，然而，时光又将他们缓缓托起。

第二十回合

韦庄 PK 蒋捷

大唐雅宋的送行者

韦 庄
未老莫还乡，还乡须断肠

1

人生是一场修行。

我们经历的一切，都是为了让我们从容离开。

聚散离合，悲喜浮沉，我们可以将其视为风景，也可以看作是经卷。经历的事多了，我们便能学会淡然，学会从容。如此，离开尘世，便可不惊不惧。

生于乱世，韦庄的一生，便是修行的一生。他看尽时光凌乱和浮华背后的荒凉，经历了人生苦涩，最终学会了与生活握手言和。

韦庄诗词兼善。他的诗清雅别致，他的词清丽婉约。他与温庭筠同为花间词的鼻祖，并称"温韦"。他的长诗《秦妇吟》与《木兰辞》和《孔雀东南飞》并称"乐府三绝"。韦庄最为人所熟知的，是那首《菩萨蛮》：

人人尽说江南好，游人只合江南老。
春水碧于天，画船听雨眠。

> 垆边人似月，皓腕凝双雪。
> 未老莫还乡，还乡须断肠。

春江水暖，画船听雨。

身在江南，就像身在一场绮丽的梦里。

那时候，尽管身在异乡，韦庄还是无比悠然的。江南，春天是染柳烟浓、莺飞草长；夏天是莲叶田田、烟雨霏霏；秋天是山寺月中寻桂子、郡亭枕上看潮头；冬天是独钓寒江、断桥残雪。四时皆有佳景，因而来此便不舍得离开。

在金陵，韦庄作有《金陵图》：

> 谁谓伤心画不成，画人心逐世人情。
> 君看六幅南朝事，老木寒云满故城。

此时的韦庄，没有悠然，只有对于沧海桑田的感慨。许多年前，金陵作为帝都曾无比繁华，后来，岁月流逝，繁华不再，目之所及只剩荒草斜阳、枯木寒云，就像刘禹锡在《乌衣巷》中所写："朱雀桥边野草花，乌衣巷口夕阳斜。旧时王谢堂前燕，飞入寻常百姓家。"从前侯门望族家里的燕子飞入了百姓家，这是繁华零落后的背影。曾经的万间宫阙，后来成了寻常巷陌，皆是时光流过的荒凉。

从前，长安城也无比繁华。在那段叫作开元盛世的时光里，到处都是锦瑟华年的迹象。后来，经历了变乱，长安城再热闹也掩不住萧瑟。那年清明，韦庄作了首《长安清明》：

> 早是伤春梦雨天,可堪芳草更芊芊。
> 内官初赐清明火,上相闲分白打钱。
> 紫陌乱嘶红叱拨,绿杨高映画秋千。
> 游人记得承平事,暗喜风光似昔年。

人们依稀记得当年的太平盛世,目睹眼前的热闹,勉强安慰自己,此时的风物与从前无异。然而,仔细想想,一切早已不同。多年前,安史之乱爆发,玄宗逃出长安,逃至蜀中;后来,黄巢攻占长安,唐僖宗沿着玄宗的路线再次逃向蜀中。长安城,早已不见当年的承平景象。写这首诗的时候,距离大唐王朝覆灭,仅剩十余年。

韦庄是位诗人,也是个词人。他喜欢把酒写诗,也喜欢立在岁月之前,感慨世事变迁。遥望从前,忆起大唐盛世里的诗人,比如贺知章,比如李白,只觉得眼前的酒都不像酒。历经岁月洗礼,许多事都会变味。

据《太平广记》所载,韦庄其人很是吝啬。据说,他每次做饭,用多少米、烧多少柴,都有固定的分量,不允许超出。若是吃烤肉,则以片计算,谁偷吃一片都会被他知晓。韦庄有个儿子,八岁时早逝,入殓时,妻子想为孩子穿上从前的衣服,韦庄竟不同意,只是用孩子曾铺过的草席裹住他。而且,孩子下葬时,韦庄还将草席拿了回来。

长安是个寸土寸金的地方,当年顾况对白居易说"长安米贵,居大不易",虽是调侃,却也是实情。韦氏一族到韦庄这里早已没了从前的富贵气象,想必韦庄是过惯了贫苦日子,才会这般斤斤计较。他曾写过一首《与小女》:

> 见人初解语呕哑，不肯归眠恋小车。
> 一夜娇啼缘底事，为嫌衣少缕金华。

因为家贫，牙牙学语的小女儿喜欢邻居家小孩的玩具车，所以不肯睡觉；因为羡慕邻居家女孩衣服上的金线花，她整夜哭闹个不停。写这首诗的时候，韦庄定是深感心酸。

于诗人，风花雪月最是美好。然而，在现实生活中，诗人也必须面对柴米油盐，就像人们常说的，风花雪月敌不过柴米油盐。诗人可以在诗酒中醉去，忘记尘俗。但是，当他们醒来，还是要在实实在在的烟火生活中度日。

因此，我们在欣赏诗人诗酒流连的闲适的时候，也可以想象他们衣食难继的困顿，然后终于明白，真实的生活不是诗与远方，而是柴米油盐、衣食住行。

韦庄有个日本朋友叫敬龙，是一位僧人，两人相交甚笃。那年，这位朋友返回日本，韦庄写了首《送日本国僧敬龙归》相赠：

> 扶桑已在渺茫中，家在扶桑东更东。
> 此去与师谁共到，一船明月一帆风。

他希望，清风明月能伴着好友归去。

多年前，王昌龄被贬，李白写诗说："我寄愁心与明月，随君直到夜郎西。"也是同样的心情。盛唐诗人钱起，也写过一首送别日本僧人朋友的诗，题为《送僧归日本》：

上国随缘住，来途若梦行。浮天沧海远，去世法舟轻。
水月通禅寂，鱼龙听梵声。惟怜一灯影，万里眼中明。

离别，总是感伤和落寞的。
但是也应明白：海内存知己，天涯若比邻。
各自天涯，能彼此惦念就好。

2

韦庄出身名门。
他是宰相韦待价七世孙，诗人韦应物的四世孙。
只是，到他父亲那里，早已家道中落。
约唐文宗开成元年（836），韦庄出生于长安，家境贫寒。年少时，父母去世，韦庄的生活更是艰难。他生而聪慧，甚爱读书。年岁渐长，更是才学惊人，受到许多人的欣赏。多年以后，忆起少时生活，韦庄写了首《下邽感旧》：

昔为童稚不知愁，竹马闲乘绕县游。
曾为看花偷出郭，也因逃学暂登楼。
招他邑客来还醉，才得先生去始休。
今日故人无处问，夕阳衰草尽荒丘。

那时候，少年不识愁滋味。
年幼的他，曾竹马闲游，也曾逃学登楼。

一转眼，人生已过去了几十年。眼中所见，只剩衰草荒丘。正如苏轼所言："世事一场大梦，人生几度秋凉。"不知不觉，当年稚嫩的孩童已是华发满头。暮色苍苍的时候，忆起多年前的事情，只如经历了一场漫长的梦。可是，于光阴，那只是刹那的流转。

父母离世后，作为家里的长子，韦庄在读书之余，不得不挑起生活的重担。为此，他做过书童，也做过幕僚。他曾先后在昭义节度使刘潼和镇海军节度使周宝幕中任职。

唐僖宗广明元年（880），韦庄参加科举落第。这年深冬，黄巢起义军攻入长安，黄巢称帝，僖宗西逃，韦庄也开始了十余年的漂泊生涯。在洛阳，他作了长诗《秦妇吟》，描写了乱世景象。他在诗中写道："奈何四海尽滔滔，湛然一境平如砥。避难徒为阙下人，怀安却羡江南鬼。愿君举棹东复东，咏此长歌献相公。"

这首诗作为韦庄的代表作，被许多人追捧。然而，诗中的"内库烧为锦绣灰，天街踏尽公卿骨"却被王侯贵胄认为是指桑骂槐。因为写了这首诗，韦庄的处境极为尴尬。他不得不从各地收回抄本焚烧，而且撰写了《家戒》禁止提起此诗。临终前，韦庄还嘱咐家人，不许挂这首诗的幛子。很显然，韦庄不是个狂傲的人。假如换了李白，绝不会如此。

韦庄一路南下，辗转于扬州、衢州、绍兴、饶州等很多地方。他喜欢江南。流水小桥、画桥烟雨，他都喜欢。尽管历经战乱，四十几岁的他仍漂泊不定，但是面对江南风景，他还是寻得了几分悠然。或许，身在江南，他曾怀念身为苏州刺史的高祖韦应物，想象他当年流连山水的画面；或许，韦庄也曾想起多年前的白居易，想象他醉卧云下的身影。

或许，花明柳暗的时节，他也曾漫步湖畔；烟雨霏霏的日子，他也曾在画船听雨。那时候，他是位流连诗酒的诗人。他在《菩萨蛮·劝君今夜须沉醉》中写道：

劝君今夜须沉醉，尊前莫话明朝事。珍重主人心，酒深情亦深。
须愁春漏短，莫诉金杯满。遇酒且呵呵，人生能几何。

李白说，人生得意须尽欢。
其实，无论得意还是失意，都不该辜负诗酒。
多年后，忆起江南生活，韦庄作有《菩萨蛮·如今却忆江南乐》：

如今却忆江南乐，当时年少春衫薄。骑马倚斜桥，满楼红袖招。
翠屏金屈曲，醉入花丛宿。此度见花枝，白头誓不归。

世事如梦，江南更是梦中之梦。
小桥流水之间，每个人皆是过客，亦是归人。
后来，韦庄带着留恋离开了江南，继续他的漂泊之旅。跋涉了很久，他终于回到了长安。景福二年（893），韦庄再次参加科举，仍以落第结束。科举于他就像一座难以逾越的高山。失落之余，他作了首《关河道中》：

槐陌蝉声柳市风，驿楼高倚夕阳东。
往来千里路长在，聚散十年人不同。
但见时光流似箭，岂知天道曲如弓。

平生志业匡尧舜，又拟沧浪学钓翁。

他也想辅弼天下，安济黎民，但是命运似乎总和他作对。落第之后，他想过隐退林泉，像陶渊明那样，躬耕为生；或者如严子陵那样，垂钓于江上。

乾宁元年（894），韦庄终于进士及第。那年，他已约五十九岁。他被朝廷任命为校书郎，正式步入了仕途。等得太久，终于登第，他不禁老泪纵横，写了首《喜迁莺》：

街鼓动，禁城开，天上探人回。凤衔金榜出云来，平地一声雷。莺已迁，龙已化，一夜满城车马。家家楼上簇神仙，争看鹤冲天。

或许可以说，对于古代的读书人，考中科举是一次生命的升华。

此时的韦庄，年近花甲，历经无数悲欢离合，对功名利禄早已看淡，但他就是要证明自己可以。他已看透，大唐王朝千疮百孔，已无力回天。事实上，韦庄的人生巅峰，并不属于大唐。

他是大唐王朝的送行者。

在他冷峻的目光下，一个王朝走上了末路。

他有些悲伤，却又很淡然。

3

年近花甲，他终于迎来了光明。

但此时的大唐王朝,却已病入膏肓。

乾宁三年(896),因为西川节度使王建与东川节度使顾彦晖不和,屡有纷争,韦庄奉命前去调解。然而,王建并未接受唐昭宗的命令,击败了顾彦晖,独据两川之地。王建对韦庄甚是赏识,想要招其入幕,韦庄并未答应。去蜀途中,韦庄作有《过樊川旧居》:

却到樊川访旧游,夕阳衰草杜陵秋。
应刘去后苔生阁,嵇阮归来雪满头。
能说乱离唯有燕,解偷闲暇不如鸥。
千桑万海无人见,横笛一声空泪流。

很多地方,一别便再难回去。而且,即使能回去,故地重游,不过是物是人非事事休,欲语泪先流。世间万事,到最后不过是一句沧海桑田。花有开谢,云有舒卷,人有生死,一切物事都敌不过时光。

三年后,韦庄被任命为左补阙,而大唐王朝已渐渐走向终点。经历了黄巢起义,本就危如累卵的大唐王朝已是名存实亡。当时,许多割据一方的节度使都有独霸天下之心,汴宋节度使朱温更是如此。天祐元年(904),朱温逼迫昭宗迁都洛阳。

天祐二年(905),许多朝臣被朱温贬出了京城,其中几十人不久后被杀。两年后,朱温称帝,唐朝灭亡。

天复元年(901),韦庄前往蜀中投靠了王建。大唐覆灭后,他拥戴王建建立前蜀。其后,他在前蜀官至宰相。武成三年(910),韦庄离世,时年约七十五岁。

人已离去，但故事还没有结束。

在蜀中的时候，韦庄曾有一个风姿绰约的侍妾。

然而，这个侍妾却被王建占为己有。

清代沈雄在《古今词话》中写道："韦庄为蜀王所羁。庄有爱姬，姿色艳美，兼工词翰。蜀王闻之，托言教授宫人，强夺之去。庄追念悒怏。"或许，那女子是韦庄的红颜知己，知冷知热，懂他的悲喜。或许，韦庄只是在王建面前提起她，便从此失去了她。崔郊在《赠去婢》一诗中写道："侯门一入深如海，从此萧郎是路人。"那样的离别，比寻常离别更让人无奈和悲伤。爱妾被夺，韦庄无计可施，只有将满腔的悲伤诉诸文字。

夜夜相思更漏残，伤心明月凭栏干，想君思我锦衾寒。
咫尺画堂深似海，忆来唯把旧书看，几时携手入长安？

他们离得很近，只在咫尺之间。

但就是那样近的距离，却如关山迢递。

相思难耐，他只能读一读他们曾经一起读过的书。

韦庄的两首《女冠子》，尽是对那女子的思念：

四月十七，正是去年今日，别君时。忍泪佯低面，含羞半敛眉。不知魂已断，空有梦相随。除却天边月，没人知。

昨夜夜半，枕上分明梦见，语多时。依旧桃花面，频低柳叶眉。半羞还半喜，欲去又依依。觉来知是梦，不胜悲。

很多事情，记得越清楚就越悲伤。

然而，他清楚地记得，四月十七，他们分开。

从此，咫尺天涯，想见不能见。

晏几道在一首《鹧鸪天》里写道："从别后，忆相逢，几回魂梦与君同。今宵剩把银𤆂照，犹恐相逢是梦中。"有人相见无期，将梦境当现实；有人终于重逢，又怀疑身在梦中。在梦里，那女子依旧明媚动人，他们喁喁私语。梦醒时，他只剩落寞。

想必，韦庄是带着遗憾离开人世的。他的遗憾，关于那女子，也关于大唐。在诗里，大唐岁月也是一场长梦。两百多年后，梦醒了，荒草蔓延。韦庄写过一首《台城》：

江雨霏霏江草齐，六朝如梦鸟空啼。
无情最是台城柳，依旧烟笼十里堤。

大唐王朝碎落成尘，杨柳仍在。

无情的并非杨柳，而是漫长无际的岁月。

岁月之上，许多事物曾经鲜妍和盛壮，但是后来，水流花谢两无情。再煊赫的英雄也会老去，再美丽的红颜也会迟暮，再强大的王朝也会覆亡。最后获胜的，只有时光。

于时光，我们皆如草木。

走着走着，蓦然回首，已是夕阳西下。

人生如梦，终是太匆匆。

蒋 捷
流光容易把人抛，红了樱桃，绿了芭蕉

1

红尘如泥。

我们是自己的远方。

同时，我们也是自己的灯盏。

生于尘世，每个人都有远方要去寻找。远方，许是孤烟大漠，许是夜雨江湖，许是断桥残梦，许是芳草连天。最后，终于明白，真正的远方是我们自己。我们一生要抵达的，就是那个纯真的自己。遥远的路上，我们是自己的方向，亦是自己的灯盏。

蒋捷，身处南宋晚期，见证了南宋王朝的覆灭。国破家亡，他甚是悲伤。他带着属于文人的倔强流落江湖，隐于山野，始终不愿入元朝为官。对他来说，那盏灯叫作风骨。

蒋捷字胜欲，号竹山，出生于阳羡（今江苏宜兴）。他最擅填词，与周密、张炎、王沂孙合称"宋末四大家"。他的词，清婉中有悲凉，多抒发山河破碎之痛。清代文学评论家刘熙载曾说，蒋捷的词明快自然，可谓"长短句之长城"。蒋捷写过一首《声声慢》：

黄花深巷，红叶低窗，凄凉一片秋声。豆雨声来，中间夹带风声。疏疏二十五点，丽谯门、不锁更声。故人远，问谁摇玉佩，檐底铃声。

彩角声吹月堕，渐连营马动，四起笳声。闪烁邻灯，灯前尚有砧声。知他诉愁到晓，碎哝哝、多少蛩声。诉未了，把一半、分与雁声。

小楼深巷，对景无言。

那个秋日，寒蝉凄切，寒雨连江。

伫倚高楼，耳边各种声响此起彼伏。雨声中夹杂着风声，雁声里隐约有蛩声，另外还有更声与砧声。所有的声响，合成一种寂静，叫凄凉。那时候，蒋捷浪迹江湖，身无所寄。对他来说，秋天只如荒野。

很多年，他都在为一个逝去的王朝悲伤着。

大宋王朝历经三百多年的岁月风尘，终于成了陈迹。

也可以说，它完成了使命，退出了历史舞台。

乾道八年（1172），辛弃疾在滁州知府任上，他在给朝廷的奏疏《论亡虏疏》中说："仇虏六十年必亡，虏亡而中国之忧方大。"意思是，金国六十年后必将覆亡，在此之后，大宋王朝将面临更大的危机。他说的危机来自蒙古。

历史的走向与辛弃疾的判断几乎相同。在南宋与蒙古政权的夹击下，金国于宋理宗端平元年（1234）灭亡。其后，蒙古统治者开始觊觎南宋的万里河山。1271年，忽必烈定国号为"元"。为了一统天下，元朝必须消灭南宋。

几年后,元朝就开始了侵宋的战争。元军长驱直入,宋军如一盘散沙。在骁勇善战的元军面前,宋军的抵抗只如杯水车薪。德祐二年(1276),临安陷落,宋恭帝赵显和一众王公大臣被掳走。两个月后,陆秀夫等人在福州组建朝廷,拥立年仅八岁的益王赵昰为宋端宗。两年后,端宗病死,赵昺即位。祥兴二年(1279)三月,厓山海战中,宋军大败,陆秀夫背着赵昺跳海而亡,十万军民蹈海殉国。

终于,尘埃落定。

一段历史,在无数人跃入海中后再无下文。

大宋王朝,谢幕的方式也算悲壮。

在岁月里,万事万物都只如尘埃。才子红颜、王侯将相、功名利禄、万里河山,都敌不过时光的磨洗。宋朝在靖康之变后已是瘦骨嶙峋。苟且一百多年后,更是步履蹒跚,病入膏肓。而此时的元朝正是如日中天之时,胜负早已注定。事实上,鼎盛的元朝最终也输给了时光。而且,元朝历时百年之余。

王朝覆灭,蒋捷开始了流落江湖的生活。带着悲伤,他辗转流离,漂泊不定。那时,他写过一首《贺新郎·秋晓》:

渺渺啼鸦了。亘鱼天、寒生峭屿,五湖秋晓。竹几一灯人做梦,嘶马谁行古道。起搔首、窥星多少。月有微黄篱无影,挂牵牛、数朵青花小。秋太淡,添红枣。

愁痕倚赖西风扫。被西风、翻催鬓鬇,与秋俱老。旧院隔霜帘不卷,金粉屏边醉倒。计无此、中年怀抱。万里江南吹箫恨,恨参差、白雁横天杪。烟未敛,楚山杳。

五湖烟水,仍似从前,悠然明净。

但此时的蒋捷,却无法像多年前的范蠡那样快意。

这样的秋天,他的心里满是愁绪。

一灯如豆,照着世事沧桑。西风四起,吹得往事凌乱、年华渐老。当年,他也曾纵情诗酒。如今,流落江南,再也找不到从前的情致。大雁尚有归处,他却无枝可依。于他,这个秋天像是一座牢笼。

元宵节,蒋捷写过一首《女冠子·元夕》:

蕙花香也。雪晴池馆如画。春风飞到,宝钗楼上,一片笙箫,琉璃光射。而今灯漫挂。不是暗尘明月,那时元夜。况年来、心懒意怯,羞与蛾儿争耍。

江城人悄初更打。问繁华谁解,再向天公借。剔残红灺。但梦里隐隐,钿车罗帕。吴笺银粉砑。待把旧家风景,写成闲话。笑绿鬟邻女,倚窗犹唱,夕阳西下。

元宵佳节,蒋捷在热闹中孤独着。

当年,同样的日子,车水马龙,花灯如昼。

而现在,随便挂几盏灯,再难寻得从前的繁华。

忆起往昔,一场消黯,无处言说。

2

人活着,必须有风骨。

少了风骨,就容易失去自我。

这世上,有人冷傲清绝,不屑功名富贵,也有人追名逐利,随波浮沉;有人独来独往,从不攀附权贵,也有人低眉顺眼,阿谀逢迎。有无风骨,决定了人生的高度。

宜兴蒋家,历史上曾是名门望族。苏轼曾说:"江南无二蒋,尽是九侯家。"蒋家世代多忠臣。王莽篡汉时,蒋诩隐居不仕;靖康之变时,蒋兴祖死守宜兴,最后战死。蒋家始终坚守着儒家思想,太平盛世入朝为官,安济天下;天下板荡,退隐山野,不问世事。

蒋捷天生聪慧,最喜读书。年轻时,他也有过快马轻裘的生活。在江南的云水间,他也曾与一众诗友流连诗酒、醉卧花丛。

咸淳十年(1274),蒋捷进士及第。假如世道平稳,他应该会在仕途度过数十年,然后回到故里,于诗酒中安度余生。及第后,经过吴江,他作了首《一剪梅·舟过吴江》:

一片春愁待酒浇。江上舟摇,楼上帘招。秋娘渡与泰娘桥。风又飘飘,雨又萧萧。

何日归家洗客袍。银字笙调。心字香烧。流光容易把人抛,红了樱桃,绿了芭蕉。

那时候,他是个意气风发的才子。

落笔写愁,却分明有为赋新词强说愁的意思。

若非要说愁,那么他愁的是岁月无情。

或许,登第之后,他幻想过自己的人生。然而,想象中的生活还未开始,岁月已是一片凌乱。在元军的马蹄下,大宋的江山和历史都被踩成了齑粉。

要想统治一个民族,就必须先对其文化进行渗透和侵蚀。文人是最能代表一个民族精神和文化的一群人。南宋灭亡后,元朝统治者开始竭力拉拢宋朝文人。这时候,人们的品相和本质暴露无遗。有的人为了高官厚禄投入了元朝的怀抱,但大多数文人为了气节,拒绝入元朝为官。

文天祥被囚于元大都四载,元朝君臣对他威逼利诱、软硬兼施,他始终一身正气,誓死不从。在狱中,他写下了"人生自古谁无死,留取丹心照汗青",最后从容赴死。与国同死,这就是他的气节。

事关气节,蒋捷不曾输给任何人。

他选择做一个遗民,隐退江湖,默然生活。

从此,他像是一个被时光遗忘的人。

事实上,如他这样因气节和风骨为世人所重的人还有很多。比如周密,他在宋亡后退隐林泉,饮酒著书;比如宫廷画师钱选,隐居不仕,写诗说"不管六朝兴废事,一樽且向画图开";比如郑思肖,他在居室前写了"本穴世界",为表达对故国的怀念,坐卧皆向南。

作为南宋遗民,蒋捷不得不隐姓埋名,过着漂沦江湖的日子。很多年里,他只能以卜卦和教书为生。有人推荐他入朝为官,他都坚决地拒绝了。江山虽已易主,但他始终怀念着故国河山。

蒋捷爱竹,性情亦如竹,挺拔坚韧。

他曾写过一首《少年游》:

枫林红透晚烟青。客思满鸥汀。二十年来,无家种竹,犹借竹为名。

春风未了秋风到,老去万缘轻。只把平生,闲吟闲咏,谱作棹歌声。

结伴鸥鸟,对酌渔樵。

这样的日子,看起来很是闲散快活。

不过,很显然,闲散里头有难以挥去的哀愁。

自然,那哀愁并非因为老去,而是因为山河不再。

蒋捷曾经流寓苏州。那时候,为了逃避元军搜捕,他过着颠沛流离的生活。在苏州,他几乎衣食难继。霜寒露重的日子,他写了首《贺新郎·兵后寓吴》:

深阁帘垂绣。记家人、软语灯边,笑涡红透。万叠城头哀怨角,吹落霜花满袖。影厮伴、东奔西走。望断乡关知何处,羡寒鸦、到着黄昏后。一点点,归杨柳。

相看只有山如旧。叹浮云、本是无心,也成苍狗。明日枯荷包冷饭,又过前头小阜。趁未发、且尝村酒。醉探枵囊毛锥在,问邻翁、要写《牛经》否。翁不应,但摇手。

流浪异乡,很容易想起家人。那些日子,蒋捷时常想起远方的妻儿。记忆中,家人闲坐灯下,共话桑麻。妻子梨涡浅浅,笑靥如花。而如今,他只身在外,归期未定。有时候,他甚至会羡慕有家可回的寒鸦。

世事如白云苍狗,变幻无常。

眼前虽有青山秀水，心境却与从前大相径庭。

他想着，明日带着枯荷包着的冷饭，翻山越岭去谋生。但又想，明日太遥远，不如且醉今日。于是，他向村里老翁讨了碗酒。饮罢，他才发现囊中羞涩，只有一支破笔。他试探着问老翁，是否需要抄写《牛经》。老翁不言语，只是摇手。乱世之中，所有人都在尽力活着，没有人对相牛的《牛经》感兴趣。此情此景，蒋捷只能沉默。

3

每个人，都是属于生活的。

因此，我们避不开浮沉起落、悲欢离合。

但同时，我们也是属于自己的。

我们可以回到自己心里，开荒辟地，种菊修篱。

罗曼·罗兰说，世界上只有一种真正的英雄主义，那便是在认清生活的真相之后，依然热爱生活。真实的生活，简单来说，就是世事无常。不平静的才叫岁月，不完满的才是人生。世间的我们，都必须学会与生活和解。

生离死别，是生活的一部分。

其实，国破家亡也是生活的一部分。

转徙江湖的日子里，蒋捷也有过闲情。痛定思痛后，他终于明白，生活本就是一首平仄凌乱的诗，接受生活的残缺和坎壈，才能找到生活的兴味。那时，他写过一首《昭君怨》：

担子挑春虽小，白白红红都好。卖过巷东家，巷西家。

> 帘外一声声叫，帘里鸦鬟入报。问道买梅花？买桃花？

乱世之中，卖花郎走街串巷，认真吆喝。有人走过，他问那人买梅花还是桃花。萧瑟的日子里，这算得上一份美好。

那些年，蒋捷时常想起陶渊明，想起他隐居山野的日子。后来，蒋捷也学着陶渊明的模样，建了茅庐，种了菊花，过起了安贫乐道的生活。这样的生活，他写在了那首《沁园春·为老人书南堂壁》中。

> 老子平生，辛勤几年，始有此庐。也学那陶潜，篱栽些菊，依他杜甫，园种些蔬。除了雕梁，肯容紫燕，谁管门前长者车。怪近日，把一庭明月，却借伊渠。
>
> 鬓边白发纷如。又何苦招宾约客欤。但夏榻宵眠，面风欹枕，冬檐昼短，背日观书。若有人寻，只教僮道，这屋主人今自居。休羡彼，有摇金宝辔，织翠华裾。

学陶渊明种菊，学杜甫种蔬。

当然，他也必然会学李太白，酬酢明月。

他已老去，但活得通透，不为年华老去而感伤。对他来说，夏可欹枕临风，冬可背日读书，心中无尘，眼中无事，就是好日子。若有人造访，就对书童说，今日不见客。那时候，他是独属于自己的。日子清闲，为玉盘珍馐、广厦良田所难抵。

蒋捷还写过一首《如梦令》：

夜月溪篁鸾影，晓露岩花鹤顶。

半世踏红尘，到底输他村景。村景，村景，樵斧耕蓑渔艇。

半世红尘，历经悲喜，最后钟情的是烟村里的寂静悠闲。了断尘事，他只愿做个山野村夫，喂马劈柴，看山听雨。偶尔，独钓江上，意兴盎然。

不过，作为南宋遗民，蒋捷不能永远沉醉于村居的悠然。那些年，漂泊才是他的生活。那次，飞雪满天，他路过荆溪，作了首《梅花引·荆溪阻雪》：

白鸥问我泊孤舟，是身留，是心留？心若留时、何事锁眉头？风拍小帘灯晕舞，对闲影，冷清清，忆旧游。

旧游旧游今在否？花外楼，柳下舟。梦也梦也，梦不到，寒水空流。漠漠黄云、湿透木绵裘。都道无人愁似我，今夜雪，有梅花，似我愁。

苏轼说："此心安处是吾乡。"

想必，蒋捷也深知心安即归处的道理。

但是，飘零四方，他无法如苏轼那般豁达。

夜泊溪畔，飞雪连天。若非心境黯淡，他可以寻梅卧雪。但是那日，对着昏暗的灯火，他忆起了从前。那时候，他与朋友们携手花丛，系舟柳下。似乎只是刹那，故人不见，眼前只有寒江自流。那夜，似乎只有梅花，和他一样愁。

暮年，蒋捷写了首《虞美人·听雨》。

一生过往,悲欢离合,仿佛都在那场雨里。

少年听雨歌楼上,红烛昏罗帐。壮年听雨客舟中,江阔云低、断雁叫西风。

而今听雨僧庐下,鬓已星星也。悲欢离合总无情,一任阶前、点滴到天明。

从阁楼到客舟,再到僧庐,那场雨一直在下。

少年时节,不识愁滋味,听雨歌楼,听到的是轻快自在;壮年时,辗转飘零,不知人生几何,听雨客舟,听到的是凄凉与迷惘;暮年,看尽繁华,历经沧桑,听雨僧庐,听到的是寂静与淡然。

王国维说,人生有三重境界,分别为"昨夜西风凋碧树,独上高楼,望尽天涯路";"衣带渐宽终不悔,为伊消得人憔悴";"众里寻他千百度。蓦然回首,那人却在灯火阑珊处"。

蒋捷这首词,写的是人生三个阶段听雨的不同感受。也可以说,那就是三种境界。少年懵懂无知,沉湎于诗酒风流,看山是山,看水是水;中年时世事纷杂,迷惘丛生,看山不是山,看水不是水;人到暮年,经历了世事,看透了沧海桑田,终于返璞归真,看山是山,看水是水。活到最后,蒋捷早已明白,王朝更迭,世事起落,皆是岁月的杰作。

深情的是岁月,无情的亦是岁月。

那场雨,点点滴滴,从长夜下到了天明。

七百年后,似乎依旧下着。

© 中南博集天卷文化传媒有限公司。本书版权受法律保护。未经权利人许可，任何人不得以任何方式使用本书包括正文、插图、封面、版式等任何部分内容，违者将受到法律制裁。

图书在版编目（CIP）数据

长安诗酒汴京花：全二册 / 随园散人著. -- 长沙：湖南文艺出版社，2024.8. -- ISBN 978-7-5726-2015-7

I. I267

中国国家版本馆 CIP 数据核字第 2024SP3032 号

上架建议：畅销·文学

CHANG'AN SHIJIU BIANJING HUA: QUAN ER CE

长安诗酒汴京花：全二册

著　　者：随园散人
出 版 人：陈新文
责任编辑：匡杨乐
监　　制：邢越超
特约策划：张　攀
特约编辑：王　屿
营销支持：李美怡
封面设计：末末美书
版式设计：李　洁
书籍插画：北　册
内文排版：百朗文化
出　　版：湖南文艺出版社
　　　　　（长沙市雨花区东二环一段 508 号　邮编：410014）
网　　址：www.hnwy.net
印　　刷：天津联城印刷有限公司
经　　销：新华书店
开　　本：875 mm × 1230 mm　1/32
字　　数：376 千字
印　　张：16.25
版　　次：2024 年 8 月第 1 版
印　　次：2024 年 8 月第 1 次印刷
书　　号：ISBN 978-7-5726-2015-7
定　　价：79.80 元（全二册）

若有质量问题，请致电质量监督电话：010-59096394
团购电话：010-59320018